A jovem
bailarina de
Auschwitz

A jovem bailarina de Auschwitz

EDITH EVA EGER

Traduzido por Livia de Almeida

SEXTANTE

Título original: *The Ballerina of Auschwitz*

Copyright © 2017, 2024 por Dra. Edith Eger
Copyright da tradução © 2025 por GMT Editores Ltda.

Edição adaptada de *A bailarina de Auschwitz* (*The Choice*), de Edith Eva Eger, publicado originalmente pela Scribner em 2017.

Todos os direitos reservados. Nenhuma parte deste livro pode ser utilizada ou reproduzida sob quaisquer meios existentes sem autorização por escrito dos editores.

coordenação editorial: Alice Dias
produção editorial: Livia Cabrini
preparo de originais: Sheila Louzada
revisão: Ana Grillo e Juliana Souza
diagramação: Valéria Teixeira
ilustração de capa: Anna Morrison
adaptação de capa: Ana Paula Daudt Brandão
impressão e acabamento: Associação Religiosa Imprensa da Fé

CIP-BRASIL. CATALOGAÇÃO NA PUBLICAÇÃO
SINDICATO NACIONAL DOS EDITORES DE LIVROS, RJ

E28j

Eger, Edith Eva
A jovem bailarina de Auschwitz / Edith Eva Eger ; tradução Livia de Almeida. - 1. ed. - Rio de Janeiro : Sextante, 2025.
192 p. ; 21 cm.

Tradução de: The ballerina of Auschwitz
ISBN 978-85-431-1025-7

1. Eger, Edith Eva. 2. Holocausto judeu (1939-1945) - Narrativas pessoais. 3. Holocausto - Sobreviventes - História. 4. Auschwitz (Campo de concentração). I. Almeida, Livia de. II. Título.

25-95799
CDD: 940.5318
CDU: 94(100)"1939/1945"

Gabriela Faray Ferreira Lopes - Bibliotecária - CRB-7/6643

Todos os direitos reservados, no Brasil, por
GMT Editores Ltda.
Rua Voluntários da Pátria, 45 – 14º andar – Botafogo
22270-000 – Rio de Janeiro – RJ
Tel.: (21) 2538-4100
E-mail: atendimento@sextante.com.br
www.sextante.com.br

*Para as cinco gerações da minha família:
meu pai, Lajos, que me ensinou a sorrir;
minha mãe, Ilona, que me ajudou a encontrar
dentro de mim aquilo de que eu precisava;
minhas lindas e extraordinárias irmãs, Magda e Klara;
meus filhos, Marianne, Audrey e John; meus netos,
Lindsey, Jordan, Rachel, David e Ashley, e meus bisnetos,
Silas, Graham, Hale, Noah, Dylan, Marcos e Rafael.*

Agradeço a meu neto, Jordan Engle, que não me deixou desistir do desejo de escrever um livro para o público jovem, que orientou e conduziu este projeto e que apoia minha obra e meu legado.

Sumário

Nota da autora — 9
Prólogo — 11

1. A pequena — 13
2. Seguros em nossa mente — 25
3. Amor e guerra — 39
4. As quatro perguntas — 49
5. O que você coloca em sua mente — 57
6. Dançando no inferno — 71
7. Corpos azuis — 83
8. Uma cambalhota — 91
9. A escada da morte — 107
10. Escolher uma lâmina de grama — 117
11. Meu libertador, meu agressor — 123
12. Pela janela — 139
13. A escolha — 155

Epílogo: Deixar uma pedra — 173
Agradecimentos — 187

Nota da autora

Queridos leitor e leitora, passei quase oito décadas de vida escrevendo este livro. Aos 16 anos, quando estava vivenciando de perto os horrores do Holocausto, eu já estava escrevendo, pensando em você; enquanto via meus filhos, depois meus netos e bisnetos atingirem a maturidade; ao lecionar para alunos do ensino médio e me tornar psicóloga especializada no tratamento de traumas; ao me conectar com meus amados pacientes e com plateias de todo o mundo, eu já estava escrevendo. Meu grande desejo era compartilhar o que havia me ajudado a sobreviver ao impensável, para que você soubesse que uma história da capacidade humana para o mal também pode ser uma história de nossa incrível capacidade para a esperança.

Sinto que tenho a responsabilidade de contar minha história. De relatar a verdade para que a humanidade nunca esqueça o que aconteceu, mas também para deixar um legado de esperança e entusiasmo pela vida, de modo que meus pais e os outros milhões de pessoas não tenham morrido em vão. O triunfo e a celebração da vida devem prevalecer.

Este parece ser o momento certo para finalmente contar a você minha história. Há pouco mais de um ano, minha irmã Magda faleceu, apenas algumas semanas após completar 100 anos. Isso me fez concluir que talvez fosse minha última chance de escrever este livro. Sou motivada pela minha mortalidade. Também sou motivada pela *sua* vida. Vejo os grandes desafios que os jovens enfrentam no mundo de hoje, realidades perturbadoras como a violência armada, o cyberbullying, mudanças climáticas, uma pandemia global e índices alarmantes de ansiedade, depressão, desespero, suicídio. Quero usar meus 96 anos passados neste planeta – quase um século de vida, evolução e cura – para incentivar você, defender você, para oferecer um roteiro emocional e espiritual para lidar com a dor e as inevitáveis dificuldades que você enfrentará. E quero dar a você algo escrito especialmente para esta fase de seu desenvolvimento, enquanto você aceita o que herdou e suportou, abraça sua força e sua autenticidade e escolhe construir a vida que deseja viver.

Ofereço-lhe este livro com gratidão, na esperança de que você sinta que não está só nesta estranha tarefa de ser humano; e na esperança de que, ao ler minha história, você pense: *Se ela conseguiu, eu também consigo!* Ofereço-lhe este livro para que você também consiga transcender a condição de vítima e escolher dançar pela vida, mesmo em circunstâncias abomináveis. Ofereço-lhe a história da minha vida para empoderar você a ser um embaixador da paz e um agente de escolhas em *sua* vida.

Ofereço-lhe este livro para que você possa viver como realmente é: precioso e livre.

Com amor,
Edie
Outubro de 2024

Prólogo

Se eu pudesse resumir minha vida inteira em um momento, em uma imagem estática, seria a seguinte: três mulheres de casaco de lã escura em um pátio frio, de braços dados, à espera. Estão exaustas, os sapatos cobertos de terra. Aguardam numa longa fila.

As três mulheres são minha mãe, minha irmã Magda e eu. Este é nosso último momento juntas. Não sabemos disso. Nos recusamos a pensar nisso. Ou estamos cansadas demais para sequer tecer especulações sobre o que nos aguarda. É um momento de ruptura – entre mãe e filhas, entre a vida como era antes e tudo que virá depois. No entanto, só compreenderemos o significado desse momento mais tarde, quando olharmos para trás.

Vejo a nós três de trás, como se eu fosse a próxima na fila. Por que a memória me mostra as costas da minha mãe, mas não o rosto dela? Seu cabelo longo está trançado e preso no alto da cabeça. Os cachos castanho-claros de Magda tocam seu ombro. Meu cabelo escuro está sob um lenço. Magda e eu nos inclinamos na direção de nossa mãe, que está entre nós duas. Não sabemos se somos nós que a mantemos de pé ou o contrário, se a força da nossa mãe é o pilar que sustenta Magda e a mim. Esse momento é o limiar das maiores perdas da minha vida. Durante oito décadas voltei repetidas vezes a essa imagem de nós três, analisando-a como se o exame minucioso fosse capaz de recuperar algo precioso. Como se eu pudesse reconquistar a vida que antecede esse momento, a vida que antecede a perda. Como se isso fosse possível. Como se eu pudesse retornar a esse momento em que estamos de braços dados e pertencemos umas às outras. Vejo nossos ombros curvados. A poeira na barra dos casacos. Minha mãe. Minha irmã. Eu.

1

A Pequena

Queriam um menino, mas quem chegou fui eu.

Uma menina. A terceira filha, a caçula.

"Fico feliz que você tenha inteligência, porque lhe falta beleza", costuma dizer minha mãe. Talvez ela queira dizer que nunca serei bonita, ou talvez esse elogio envolto em crítica seja seu jeito de me encorajar a estudar bastante. Motivação expressa como advertência. Talvez ela esteja tentando me poupar de algum destino invisível. Ou tentando me dar uma ideia melhor de quem posso me tornar.

– Você pode aprender a cozinhar outra hora – disse-me ela quando perguntei se poderia me ensinar a trançar chalá, fritar frango ou fazer a geleia de cereja que ela prepara no verão e guarda para o resto do ano. – Volte para a escola.

Estou diante do espelho do banheiro, escovando os dentes para ir à escola. Observo meu reflexo. Será verdade que não tenho beleza? Sou dançarina e ginasta, meu corpo é esguio e forte. Gosto da minha força. Gosto do meu cabelo castanho ondulado – embora Magda, minha irmã mais velha, seja a bonita da família. Mas quando olho nos meus próprios olhos no espelho, quando mergulho nesse misterioso e familiar azul-esverdeado, não consigo identificar muito bem o que vejo. É como se estivesse fora do meu próprio corpo, olhando para dentro, me observando como se fosse personagem de um romance, o destino desconhecido, o coração e a personalidade ainda em desenvolvimento.

Acabei de ler um dos livros da minha mãe, *Naná*, de Émile Zola, surrupiado de sua estante e devorado em segredo. Não consigo tirar a última cena da cabeça: a bela e elegante artista Naná, desejada por tantos homens, jaz alquebrada e doente, o corpo coberto de feridas da varíola. Há algo aterrorizante na descrição. Mesmo antes da varíola, mesmo quando ela ainda era linda e atraente, seu corpo era perigoso. Uma arma. Ameaçador, algo a ser temido.

E no entanto ela era desejada. Estou faminta por um amor assim. Por ser vista e conhecida como um tesouro. Ser coberta de afeto, saboreada como um banquete.

Em vez disso, me ensinam a ter cautela.

– Lavar-se é como lavar a louça – disse minha mãe. – Comece pelos itens de cristal, depois vá para as panelas e frigideiras.

Deixe o mais sujo para o final. Até meu próprio corpo é suspeito.

Magda bate na porta do banheiro, cansada de esperar.

– Pare de sonhar acordada, Dicuka!

Ela usa o apelido que minha mãe inventou para mim. *Ditzuka*. Essas sílabas sem sentido normalmente me transmitem afeto, mas hoje ressoam ásperas e estridentes.

Passo depressa pela minha irmã irritada e sigo para o quarto que dividimos, onde vou me vestir ainda pensando na garota do espelho – a garota que anseia por amor. Talvez o tipo de amor que desejo seja impossível. Passei 13 anos costurando minhas lembranças e experiências em uma história de quem eu sou, uma história que parece revelar que estou danificada, que não sou desejada, que não sou aceita.

Como na noite em que eu tinha 7 anos e meus pais deram um jantar. Eles me mandaram ir encher uma jarra de água, e da cozinha eu os ouvi brincando: "Podíamos ter evitado essa aí." Queriam dizer que já tinham uma família completa antes de eu nascer. Já tinham Magda, que tocava piano, e Klara, prodígio do violino. Eu não trouxe nenhuma contribuição nova. Era desnecessária, insuficiente. Não havia lugar para mim.

Testei essa teoria fugindo de casa, quando tinha 8 anos. Será que meus pais perceberiam minha ausência? Em vez de ir para a escola, peguei o bonde até a casa dos meus avós – o pai e a madrasta da minha mãe. Eu confiava que eles me dariam cobertura. Meus avós viviam em guerra com mamãe por causa de Magda, escondendo biscoitos na gaveta dela na cômoda. Eles representavam a segurança para mim. Andavam de mãos dadas, algo que meus pais nunca faziam. Eram puro conforto: o cheiro de carne assada e feijão, de pão doce, de *tcholent* – um guisado delicioso que minha avó levava à padaria para cozinhar no Shabat, quando a prática ortodoxa não permitia que ela usasse o próprio forno.

Meus avós ficaram felizes em me ver. Eu não precisava me esforçar para receber amor ou aprovação deles, era algo dado livremente. Passamos a manhã na cozinha, comendo rocambole de nozes, e foi maravilhoso. Até que a campainha tocou. Meu avô foi atender. Um momento depois, ele voltou correndo à cozinha. Era surdo e me falou alto demais:

– Vá se esconder, Dicuka! É sua mãe!

Ao tentar me proteger, ele me entregou.

O que mais me incomodou foi o olhar da minha mãe quando me viu na cozinha dos meus avós. Não era apenas a surpresa por me encontrar ali – era como se o simples fato de eu existir a surpreendesse. Como se eu não fosse quem ela queria ou esperava que eu fosse. No entanto, muitas vezes sou sua companheira. Fico sentada na cozinha com ela quando meu pai, que tem uma alfaiataria, vai a Paris para encher malas e mais malas de seda. Minha mãe fica rígida e atenta quando ele retorna, temendo que tenha gastado demais. Ela não recebe visitas de amigas em casa. Não há mexericos circulando na sala, tampouco discussões sobre livros ou política. Sou eu quem ouve os segredos dela. O tempo que passamos juntas, só nós duas, é valioso para mim.

Uma noite, quando eu tinha 9 anos, estávamos na cozinha, ela embrulhando o que restara do strudel feito com a massa que eu a vi cortar à mão e dobrar como uma toalha pesada na mesa de jantar. "Leia para mim", ela pediu, e fui buscar a cópia desgastada de *E o vento levou* na mesa de cabeceira dela. Já o havíamos lido por inteiro e recomeçado do início. Fiz uma pausa para olhar a inscrição misteriosa, em inglês, na folha de rosto. Era uma caligrafia masculina, mas não a do meu pai. Minha mãe dizia apenas que havia ganhado o livro de um homem que ela conhecera quando trabalhava no Ministério das Relações Exteriores, antes de conhecer meu pai.

Sentamo-nos em cadeiras de espaldar reto junto ao fogão a lenha. Quando líamos juntas, eu não precisava dividi-la com ninguém. Mergulhei nas palavras e na história, na sensação de estar em um mundo só com ela. Scarlett retorna a Tara no final da guerra e descobre que a mãe morreu e o pai ficou transtornado pela tristeza. "Deus é minha testemunha", diz Scarlett, "nunca mais passarei fome novamente." Minha mãe fechou os olhos e apoiou a cabeça no encosto da cadeira. Eu queria subir no colo dela. Queria descansar a cabeça em seu colo. Queria que ela beijasse meu cabelo.

– Tara... – murmurou ela. – A América... um lugar que valeria a pena conhecer.

Eu queria que ela dissesse meu nome com a mesma suavidade que reservava para um país onde nunca estivera. Todos os deliciosos aromas da cozinha da minha mãe estavam misturados para mim com o drama da fome e da abundância – sempre, mesmo na abundância, aquele anseio. Eu não sabia se aquele anseio era dela ou meu ou de nós duas.

– Quando eu tinha a sua idade... – começou minha mãe.

Agora que ela estava falando, eu não ousava me mexer, temia que um movimento meu a interrompesse.

– Quando eu tinha a sua idade, os bebês dormiam juntos e minha mãe e eu dividíamos uma cama. Certa manhã, acordei com meu pai me chamando: "Ilonka, acorde sua mãe. Ela ainda não fez o café nem separou minhas roupas." Eu me virei para minha mãe, que estava ao meu lado sob as cobertas. Mas ela não se mexia. Estava morta.

Eu queria saber cada detalhe do momento em que uma filha acordava ao lado da mãe que se fora. Também queria desviar o olhar. Era assustador demais imaginar.

– Quando a sepultaram, naquela tarde, pensei que tivesse sido enterrada viva. Naquela noite, meu pai me mandou preparar o jantar da família. Foi o que fiz.

Esperei o resto. A moral da história ou o consolo.

– Hora de dormir – foi tudo o que minha mãe disse.

E se abaixou para varrer as cinzas debaixo do fogão.

Passos ecoaram no corredor vindo em direção à porta da cozinha. Senti o cheiro do tabaco do meu pai antes mesmo de ouvir o chacoalhar das chaves.

– Ainda acordadas?

Ele entrou com seus sapatos engraxados, o terno elegante, um sorriso largo, um saquinho que me entregou com um beijo estalado na testa.

– Ganhei de novo – gabou-se.

Sempre que jogava cartas ou bilhar com os amigos, ele dividia os ganhos comigo. Naquela noite, trazia um *petit four* coberto de glacê rosa. Se fosse Magda, minha mãe teria tirado o doce de suas mãos, preocupada com seu peso. Mas ela assentiu com a cabeça, me dando permissão para comer.

Minha mãe se levantou, indo do fogão até a pia. Meu pai a interceptou, levantando sua mão para girá-la pelo aposento, o que ela fez, rigidamente, sem dar um sorriso. Ele a puxou para um abraço, uma das mãos em suas costas, a outra tocando de leve seu peito. Minha mãe o afastou.

– Sou uma decepção para sua mãe – meu pai meio que sussurrou para mim enquanto saíamos da cozinha. Ele queria que ela ouvisse, ou seria um segredo? Guardei isso para refletir mais tarde. Naquele momento, a amargura na voz de meu pai me assustou. – Ela quer ir à ópera toda noite, levar uma vida cosmopolita e sofisticada, mas sou apenas um alfaiate. Alfaiate e jogador de bilhar.

Seu tom de derrota me deixou confusa. Ele é bem conhecido na nossa cidade, querido por todos. Brincalhão, sorridente, parece sempre à vontade, animado e divertido de se conviver. Sai com seus muitos amigos. Adora comer – especialmente o presunto que às vezes contrabandeia para casa e come sobre o jornal em que vem embrulhado, colocando pedaços da carne de porco proibida na minha boca, ouvindo as acusações de mamãe de que está sendo um mau exemplo. Sua alfaiataria ganhou duas medalhas de ouro. Ele não é apenas um bom artesão de costuras alinhadas e bainhas retas, é um mestre da alta-costura. Foi assim que conheceu minha mãe: ela precisava de um vestido e o procurou porque seu trabalho tinha sido muito bem recomendado. Mas ele queria ser médico, não alfaiate, um sonho desencorajado pelo pai e que de vez em quando emergia em demonstrações de decepção consigo mesmo.

– Você não é um alfaiate qualquer, papai – eu o tranquilizei.
– Você é o melhor!
– E você vai ser a dama mais bem-vestida de Košice – me disse ele, acariciando minha cabeça. – Tem o corpo perfeito para a alta-costura.

Ele mandou o desânimo de volta para as sombras. Ficamos ali parados no corredor, nenhum dos dois pronto para se separar.
– Eu queria que você fosse menino, sabia? – disse meu pai. – Dei um murro na porta quando você nasceu. Fiquei muito bravo por ter mais uma menina. Mas agora você é a única com quem posso conversar.

Ele me deu outro beijo na testa.

Ainda amo receber atenção do meu pai. Assim como a da minha mãe, é preciosa... e instável. Como se merecer o amor deles tivesse menos a ver comigo e mais com a solidão deles. Como se a minha identidade fosse apenas uma medida do que falta a meu pai e minha mãe.

Quando me sento à mesa do café da manhã, minhas irmãs mais velhas me recebem com a cantiga que inventaram para mim quando eu tinha 3 anos e fiquei estrábica, em decorrência de um procedimento médico malfeito em um dos olhos.
– *Você é tão feia, tão fraquinha...* – cantam elas. – *Nunca vai arranjar marido.*

Durante muito tempo andei de cabeça baixa para que não ficassem olhando meu rosto. Fiz uma cirurgia aos 10 anos para corrigir o estrabismo, portanto já deveria ser capaz de erguer os olhos e sorrir para desconhecidos, mas a insegurança persiste, alimentada pelas provocações das minhas irmãs.

Magda tem 19 anos, lábios cheios e cabelo ondulado. É a piadista da família. Quando éramos mais novas, ela me ensinou a jogar uvas pela janela do nosso quarto e acertar as xícaras de café dos fregueses sentados lá embaixo. Klara, a do meio, é um prodígio do violino. Aos 5 anos ela já tocava o Concerto para Violino de Mendelssohn.

Estou acostumada a ser a irmã quieta, a invisível. Estou tão convencida da minha inferioridade que raramente me apresento pelo nome. "Sou irmã da Klara", digo. Não me ocorre que Magda pode estar cansada de ser a palhaça, que Klara pode se ressentir de sua precocidade. Ela não pode deixar de ser extraordinária, nem por um segundo, pois o risco é perder tudo: a adoração a que está acostumada, sua própria identidade. Magda e eu precisamos nos esforçar para conseguir algo que temos certeza de que nunca teremos o suficiente, enquanto Klara tem medo de cometer um erro fatal a qualquer momento e perder tudo. Klara toca violino desde que me entendo por gente, desde os 3 anos. Muitas vezes ela pratica em frente à janela aberta, como se não fosse explorar plenamente sua genialidade criativa se não puder convocar uma audiência de transeuntes para testemunhá-la. Parece que, para ela, o amor não é ilimitado, é condicional – a recompensa por seu desempenho. E ser amada tem um preço: o trabalho de ser aceita e adorada é, no fim, uma espécie de apagamento.

No café da manhã, todos comemos pãezinhos da padaria com manteiga e a geleia de damasco da nossa mãe, mais para doce do que para azeda. Mamãe serve o café e a comida. Meu pai já pendurou a fita métrica no pescoço e enfiou no bolso do paletó um pedaço de giz para marcar os cortes no tecido. Magda espera que minha mãe ofereça uma segunda rodada de pães. "Deixa que eu como o seu", ela sempre me diz quando recuso. Quando Klara pigarreia, todos nos viramos para ouvir o que ela tem a dizer.

– Preciso dar uma resposta ao professor sobre o convite para estudar em Nova York – diz ela, sua faca alisando a manteiga amolecida no pão quente.

– Temos família em Nova York – pondera meu pai, mexendo o café.

Ele se refere a sua irmã Matilda, que mora em um lugar chamado Bronx, um bairro de imigrantes judeus.

– Não – contrapõe minha mãe. – Já discutimos isso. É longe demais.

Penso naquela noite na cozinha, quando ela falou da América com tanto anseio. Talvez a vida seja assim, uma constante indecisão entre o que não temos mas desejamos ter e o que temos mas desejamos não ter.

– Se não Nova York, então que seja Budapeste – diz Klara, contrariada.

Minha mãe começa a tirar os pratos da mesa, de cabeça baixa. Apoiar a carreira da filha favorita significa perdê-la. Ou talvez não seja tristeza por Klarie sair de casa, e sim por sua própria intransigência. Talvez esteja zangada consigo mesma por dizer não quando quer dizer sim.

O bom humor crônico do meu pai não é perturbado pelo peso da decisão de Klara ou pela preocupação de minha mãe com essa decisão.

– Vamos conversar melhor sobre o assunto – diz ele, afastando o humor sombrio que mais uma vez baixou sobre a mesa. Então se vira para mim e estende um envelope. – Dicuka, leve este dinheiro para a escola. A mensalidade já venceu.

Eu pego o envelope, sentindo a importância da confiança dele. No entanto, essa entrega de responsabilidade também é uma advertência. Um lembrete de quanto custo à família. Uma pergunta aberta sobre o valor que agrego. Seguro o envelope com firmeza enquanto reúno meu material para a escola, como se isso me ajudasse a determinar quanto importo e quanto não importo, como se me ajudasse a desenhar o mapa que mostra as dimensões e as fronteiras do meu valor.

⁕

Os momentos mais felizes para mim são quando estou sozinha e posso me recolher em meu mundo interior, por isso adoro a caminhada para a escola judaica particular que frequento. Ensaio os passos da coreografia de "Danúbio azul" que minha turma de balé vai apresentar em um festival à beira do rio.

Penso no meu professor de balé e em sua esposa, na sensação que tenho quando subo a escada para o estúdio, dois ou três degraus de cada vez, e troco a roupa da escola pelo collant e a meia-calça. Estudo balé desde os 5 anos, quando minha mãe intuiu que eu não tinha jeito para a música, que meus talentos eram outros (meus pais tentaram me iniciar no antigo violino de Klara, mas não demorou muito para minha mãe tirar o instrumento das minhas mãos, dizendo "Já basta"). Já o balé, amei desde o começo. Meus tios me deram um tutu que usei na primeira aula. No estúdio eu não me sentia tímida. Fui direto até o pianista e perguntei que peças ele ia tocar para a turma.

– Vá dançar, querida – ele me disse. – Eu cuido do piano.

Com 8 anos eu já frequentava as aulas de balé três vezes por semana. Gostava de fazer algo que era só meu, diferente das minhas irmãs. E gostava de estar no meu corpo. Gostava de praticar os alongamentos, nosso mestre de balé nos lembrando que força e flexibilidade são inseparáveis – para flexionar um músculo, é preciso que outro se estenda. Para obter amplitude e flexibilidade, precisamos manter a força no núcleo. Eu recitava suas instruções na minha mente como uma oração. Descia o corpo, a coluna reta, os músculos abdominais contraídos, as pernas se afastando. Sabia que precisava respirar, sobretudo quando me sentia travada. Imaginava meu corpo se expandindo como as cordas no violino da minha irmã, encontrando o ponto exato de tensão que fazia todo o instrumento vibrar. Então lá estava eu, num espacate completo. "Bravo!", exclamou meu professor, aplaudindo. "Fique exatamente onde está." Ele me levantou do chão e me colocou sobre sua cabeça. Era difícil manter as pernas totalmente estendidas sem o piso para sustentá-las, mas por um momento me senti como uma oferenda. Como luz pura. "Editke", meu professor disse, "todo o seu êxtase na vida virá de dentro de você." Naquele momento, eu ainda não entendia direito o que ele queria dizer. Mas sabia que podia respirar, girar, chutar e me dobrar. Que, à medida que meus músculos se alongavam e se fortaleciam, cada movimento, cada postura parecia gritar: *Eu sou, eu sou, eu sou. Eu sou eu. Eu sou alguém.*

A imaginação toma conta e me vejo fora dali, distante, em uma nova dança só minha, na qual imagino meus pais se encontrando. Interpreto os dois papéis. Meu pai faz uma cômica batida de perna dupla quando vê minha mãe entrar. Ela gira mais depressa, salta mais alto. Faço todo o meu corpo se arquear em uma risada alegre. Nunca vi minha mãe se alegrar, nunca a ouvi soltar uma gargalhada gostosa, mas sinto em meu corpo a inexplorada fonte de sua felicidade.

Quando chego à escola, não encontro o dinheiro que meu pai me deu para pagar o trimestre inteiro. Na agitação da dança, não sei como, perdi o envelope. Procuro em todos os bolsos e dobras das minhas roupas, mas é em vão. Passo o dia inteiro com o medo queimando minhas entranhas.

À noite, em casa, espero o jantar terminar para tomar coragem de contar ao meu pai o que aconteceu. Ao erguer o punho com o cinto na mão, ele não consegue me olhar. É a primeira vez que me bate – a primeira vez que bate em uma filha. Ele não me diz nenhuma palavra quando termina.

Vou me deitar cedo, antes de terminar o dever de casa, minhas costas e nádegas ainda ardendo. O que dói mais do que as marcas na pele é a sensação de que há algo errado comigo. Em breve descobrirei que o lugar profundo no qual me escondo na solidão é uma ferramenta de sobrevivência, mas hoje minha imaginação me parece uma aberração. Um defeito terrível.

Puxo minha boneca para debaixo das cobertas. Eu a chamo de Pequena. Ela tem cabelos pretos compridos e ondulados e olhos verdes que se abrem. Verdes como os do meu pai. É uma boneca linda, meu bem mais querido. Fechando os olhos com força no cômodo escuro, sussurro no ouvido de porcelana lisa dela:

– Tomara que eu morra para que ele se arrependa do que me fez.

A Pequena fica em silêncio, como se refletisse sobre a raiva avassaladora que sinto de meu pai (e de mim mesma) neste momento. Deixo a fúria crescer dentro de mim, intensificando-a. Há certo prazer em dizer as piores coisas.

– Não – sussurro para minha boneca, a voz embargada pelas lágrimas. – Tomara que... – deixo o crescendo vir – que... – Vou dizer o pensamento mais violento e terrível que consigo imaginar. Uma sentença tão horrível que jamais poderei retirá-la, algo que ainda não sei que me assombrará, que se repetirá em minha mente em noites muito piores, em momentos muito mais sombrios. – Tomara que meu pai morra.

Pequena não diz nada, os olhos fechados na escuridão, uma cortina que se fecha rapidamente no palco.

2
Seguros em nossa mente

Antes da Primeira Guerra Mundial, a região eslava onde nasci e cresci fazia parte do Império Austro-Húngaro, uma grande potência industrial e dona do segundo maior sistema ferroviário de toda a Europa. Ao fim da Primeira Guerra, em 1918 (quase uma década antes de eu nascer), um novo país foi estabelecido: a Tchecoslováquia. Minha cidade natal, Kassa, na Hungria, tornou-se Košice, na Tchecoslováquia. E minha família se tornou uma dupla minoria: éramos de origem húngara em um país predominantemente tcheco e éramos judeus.

Não havia segregação. Não éramos obrigados a viver em guetos, separados, como era comum em muitos países europeus (por isso minha família falava exclusivamente húngaro e não ídiche). Tínhamos muitas oportunidades educacionais, profissionais e culturais. Mesmo assim, ainda enfrentávamos preconceito, tanto sutil quanto explícito. O antissemitismo não foi uma criação nazista – já existia havia muito tempo. Enquanto eu crescia, internalizei a crença de que era mais seguro se misturar, nunca se destacar.

Mas houve momentos em minha infância em que me senti orgulhosa de ser quem era. Em novembro de 1938, quando eu tinha 11 anos, a Hungria anexou Košice novamente e voltamos a nos sentir em casa. Minha mãe estava na varanda do nosso grande apartamento na rua principal da cidade, um prédio antigo chamado Palácio Andrássy, que havia sido convertido em edifício residencial, com muitos apartamentos. Morávamos no terceiro andar. Minha mãe havia estendido um tapete oriental sobre a grade da varanda. Não era uma limpeza: era uma celebração. O almirante Miklós Horthy, Sua Alteza Sereníssima, o Regente do Reino da Hungria, chegaria naquele dia para dar as boas-vindas formais à nossa cidade como parte da Hungria. Eu estava animada e orgulhosa. Nós pertencíamos!

Naquela tarde, também dei as boas-vindas a Horthy. Fiz uma dança. Eu vestia um traje húngaro: um conjunto de colete e saia de lã com bordados florais vibrantes, blusa de mangas brancas bufantes, fitas, rendas, botas vermelhas. Quando fiz um *grand battement* perto da beira do rio, Horthy aplaudiu. Abraçou os dançarinos, me abraçou. Me senti importante para minha família e meu país.

Mas essa sensação de valorização e pertencimento foi temporária.

– Dicuka – sussurrou Magda para mim naquela noite, antes de dormir –, eu queria que fôssemos loiras como a Klara.

Ela queria dizer que seria melhor não deixar transparecer que éramos judias.

Ainda estávamos a anos de distância de toques de recolher e das leis discriminatórias, mas Magda tinha motivo para se preocupar. O desfile de Horthy foi o ponto de partida para tudo o que viria.

⁓

A cidadania húngara trouxe pertencimento por um lado, mas exclusão por outro. Estávamos muito felizes em falar nossa língua nativa, em sermos aceitos como húngaros, mas essa aceitação dependia de nossa assimilação. Os vizinhos argumentavam que apenas húngaros étnicos, *não judeus*, deveriam ter permissão para usar os trajes tradicionais.

Apenas um ano após o desfile de Horthy, em 1939, no mesmo ano em que a Alemanha nazista invadiu a Polônia, os nazistas húngaros (os *nyilas*) ocuparam o apartamento abaixo do nosso no Palácio Andrássy. Eles cuspiam em Magda. Nos despejaram. Foi quando nos mudamos para outro apartamento, na Kossuth Lajos Utca número 6, uma rua transversal e não mais na principal, menos conveniente para a alfaiataria de meu pai. O apartamento estava disponível porque seus ocupantes anteriores, outra família judia, haviam partido para a América do Sul. Sabíamos de outras famílias judias que estavam deixando a Hungria. A irmã do meu pai, Matilda, partira muitos anos antes, mas sua vida na América parecia mais difícil do que a nossa. Não falávamos sobre ir embora.

Então, em 1940, o ano em que completei 13 anos, os *nyilas* começaram a prender os homens judeus de Kassa e a enviá-los para um campo de trabalhos forçados. Meu pai não foi levado. Não no começo. Mas prendo a respiração todos os dias ao voltar da escola. Será que hoje, quando chegar em casa, vou encontrar minha mãe chorando na cozinha? Será que é hoje o dia em que ela vai me dizer que meu pai foi levado e que terei que enfrentar a consequência terrível do desejo terrível que murmurei para mim mesma naquela noite? Será que hoje teremos que lidar com um dano irremediável?

Estou com medo, mas um medo pessoal. É mais o medo da consequência do que fiz de errado. A guerra em si parece distante de nós. Sinto que se olharmos para o outro lado poderemos seguir nossa vida despercebidos, criar um mundo seguro em nossa mente. Poderemos nos tornar invisíveis ao mal.

Cultivamos o fechar de olhos. Um dia, depois da escola, vou à casa da minha amiga Sara, como de hábito – a mãe dela nos recebe com um lanche na mesa da cozinha, chocolate quente e pão de centeio com manteiga e salame –, e inventamos um jogo. Vamos nos insinuar para os meninos na escola ou na rua. "Nos encontrem às quatro no relógio da praça", diremos, dando uma piscadela.

Estamos experimentando nosso corpo em transformação, as emoções intensificadas, essa nova realidade em que meninos e meninas se encantam uns com os outros e paqueram. Há em tudo uma sensação ampliada de expectativa. Quem está olhando para mim? Quem está me notando? Para onde esse olhar e essa atenção levam?

Sentimos tudo isso, mas não conseguimos expressar em palavras. Ignoramos muitas coisas. Quando a mãe de Sara teve um filho, alguns anos atrás, perguntei à minha mãe de onde vinham os bebês. "A barriga se abre", respondeu ela. Examinei minha barriga naquela noite. Eu não sabia nada sobre minha anatomia. Achei que meu umbigo devia ser a parte que se abria.

Aos 13 anos, meu corpo ainda é um mistério, mas há algo no mundo adulto, na dança do namoro, que Sara e eu devemos entender intuitivamente, porque nosso jogo funciona direitinho. Sempre que balançamos os quadris para os meninos e dizemos para nos encontrarem na torre do relógio, eles vão. Sempre vão, às vezes inebriados, às vezes tímidos, às vezes com ar de expectativa. Da segurança do meu quarto, Sara e eu os observamos da janela.

―――

Às vezes não conseguimos ignorar o mundo ao nosso redor. Às vezes a guerra irrompe. Certo dia de junho, Magda estava na rua, de bicicleta, quando as sirenes soaram. Ela correu três quarteirões até a casa dos nossos avós e encontrou quase tudo destruído. Eles sobreviveram, graças a Deus, mas a senhoria deles, não. Foi um ataque único, um só bairro arrasado por um bombardeio.

Dizem que os russos são responsáveis. Ninguém acredita nisso, mas ninguém consegue refutar. Temos sorte e ao mesmo tempo somos vulneráveis. A única verdade concreta é a pilha de escombros onde antes havia uma casa. Destruição e ausência, esses são os fatos. A Hungria se une à Alemanha na Operação Barbarossa. Invadimos a Rússia.

Por volta dessa época, somos obrigados a usar a estrela amarela. O truque é escondê-la, deixá-la sob o agasalho, mas mesmo assim sinto como se estivesse fazendo algo errado, algo passível de punição. Qual terá sido meu pecado imperdoável? Minha mãe está sempre perto do rádio. Quando fazemos um piquenique à beira do rio, meu pai conta histórias do tempo em que foi prisioneiro de guerra na Rússia, durante a Primeira Guerra. Sei que sua experiência como prisioneiro – seu trauma, embora eu ainda não conheça essa palavra – tem alguma relação com o fato de ele comer carne de porco, de ter se distanciado da religião. Sei que a guerra está na raiz de sua angústia. Mas a guerra, esta guerra, ainda está em outra parte. Posso ignorá-la, e ignoro.

―――

Sara e eu terminamos a escola judaica e fazemos um teste para determinar em qual escola secundária poderemos estudar. Muitos jovens da nossa idade vão para escolas profissionalizantes, para aprender ofícios. Magda começou a trabalhar com nosso pai, é uma costureira talentosa. Eu poderia aprender a costurar também. Na mesa do café da manhã e na mesa do jantar conversamos sobre as últimas notícias de Klara em Budapeste, onde ela está estudando no conservatório, mas não falamos sobre o meu futuro. É como se o talento e as ambições de Klara fossem tão grandes que pudessem carregar todos nós nas costas. Não preciso de asas próprias – as de Klara são suficientes.

Que sonhos tenho para mim mesma? Sonho mais com o presente do que com o futuro. Na aula de ginástica artística, treino subir na corda até o topo. Fico balançando lá no alto, acima dos outros alunos, e toco o teto. É uma sensação poderosa, um cume. Enfrentei tempestades e atravessei nuvens, imagino, para alcançar o topo do mundo.

Como sou hipermóvel, consigo fazer muitas coisas no tatame que as outras meninas não conseguem. Andar de cabeça para baixo, fazer uma ponte e tocar meus tornozelos. Não é apenas que meu corpo é flexível e forte – é o que falo para mim mesma, se digo que posso ou não posso fazer algo. Digo "Sim, eu consigo". Digo muitos "sins" para mim.

Às vezes não volto com Sara depois da escola, embora adore ir à casa dela, ser recebida por sua mãe como se eu fosse da família. Nesses dias, vou caminhando sozinha até os subúrbios, onde mora minha treinadora de ginástica. Estou meio que apaixonada por ela. Não romanticamente, é mais uma adoração. Quando me aproximo da casa dela, passo o mais devagar possível, torcendo para vê-la pela janela, fantasiando que ela me verá aqui fora e me convidará para entrar. Tenho curiosidade pela vida dela, por essa versão da vida adulta e da feminilidade. Ela não é casada, não tem filhos. Sua vida é sua profissão. É do tipo direto e prático. Na ginástica, nos esportes, ou você faz ou não faz. Ou você sobe na corda e faz o salto ou não. Ela é do tipo que diz: "Vamos lá! Pule!" Meu senso de identidade, de propósito e de possibilidades repousa no apoio e na fé que ela deposita em mim. Sinto que, se conseguir absorver tudo o que ela tem a me ensinar e corresponder à sua confiança em mim, grandes coisas me aguardam.

Minha obsessão por ela tem também outro motivo. Ver algo de sua vida fora do estúdio é aprender algo sobre minha própria vida. Existem alternativas para a solidão da minha mãe. Sei que existem.

Sara e eu passamos na prova e somos admitidas no ensino secundário no colégio de elite para meninas em Kassa. Magda está no quarto comigo enquanto me arrumo para o primeiro dia de aula. O uniforme da escola é uma blusa branca, saia plissada e meias azul-marinho até o joelho.

– Bem, pelo menos não vai ter meninos para ver seus peitos inexistentes – brinca ela.

Estou tão acostumada com seu jeito atrevido de falar, sua beleza natural, sua sofisticação, que nunca me ocorreu que ela pudesse ter ciúmes de mim. Sou a caçula, a filha indesejada, aquela que faz companhia aos pais enquanto as irmãs encantam o mundo com seu talento e sua beleza. Mas por um momento vejo uma versão diferente da história, aquela em que sou alguém que minha irmã mais velha gostaria de ser. Essa versão é passageira.

– Aposto que vão encher você de dever de casa – diz Magda.
– Você vai virar uma reclusa, vai ficar com o nariz enfurnado numa pilha de livros.

Talvez isso aconteça.

Esta é a questão em relação ao aprendizado: você pode saber e saber e saber e nunca chega a hora de saltar. Aprender é uma corda em que a gente nunca toca o teto. E eu quero esse tipo de escalada – uma ascensão sem fim, uma vida no céu.

━━⌒━━

Eu me adapto à vida na escola secundária, caminhando com Sara pela manhã, depois me misturando ao mar de meninas, em sua maioria não judias, sempre tendo como prioridade a necessidade de me encaixar. Pertencer. Estudo alemão e latim, aprendo canções de amor em francês, leio filosofia. A professora de latim é minha favorita. Ela nos diz que aprender latim não é apenas aprender uma língua, é aprender a pensar. *Tempora mutantur, nos et mutamur in illis*: Os tempos estão mudando, e nós mudamos junto. Talvez ela esteja falando sobre a guerra sem falar sobre a guerra, ou talvez esteja se referindo a essa fase da vida. O tempo avança, nos transformando. Estar vivo é mudar.

Entro para um clube de leitura. Alunos de uma escola particular para meninos também participam. Me sinto desconfortável ao entrar na sala para o primeiro encontro. Há uma energia diferente no ambiente. Devo olhar para os meninos ou não? Se olhar, devo fingir que não estou olhando? Observo as outras meninas em busca de pistas. Será que sou a única que se pergunta onde colocar os olhos, como se posicionar na cadeira?

Não consigo não olhar. Vejo um garoto ruivo do outro lado da sala. Ele se inclina para a frente, ávido, sério. Sua mente parece viva. Meu estômago dá voltas quando ele fala. Gosto do som da sua voz, masculina, reflexiva. Mantenho o corpo completamente imóvel, mas por dentro estou muito viva, meu ser inteiro é uma mistura de excitação e calma. *Olhe de novo*, diz uma voz interior. *Esse daí é especial.*

À medida que as semanas passam, descubro que o menino alto, ruivo e com sardas se chama Eric. Ele joga futebol. No clube do livro lemos *Maria Antonieta*, de Stefan Zweig. Conversamos sobre como Zweig escreve a história por dentro, a partir da perspectiva de uma pessoa. Imagino Versalhes. Imagino o *boudoir* de Maria Antonieta. Imagino me encontrar com Eric lá. Isso me faz corar, nem sei o que imaginar acontecendo entre nós, mas me pego pensando: *Como seriam nossos filhos? Será que também teriam sardas?* Quando ele passa pela minha mesa, sinto seu cheiro – tão bom, cheiro de ar fresco, da grama nas margens do rio Hornád, onde minha família faz piqueniques.

Na outra semana lemos *A interpretação dos sonhos*, de Sigmund Freud. A ideia de Freud de um inconsciente dinâmico faz muito sentido para mim. Faz sentido que nossa vida interior seja tão vibrante quanto a exterior, talvez até mais. Digo isso no encontro do clube do livro, e faíscas irrompem dentro de mim quando percebo que Eric me nota. Nossos olhares se encontram, e é como se uma mensagem silenciosa fosse transmitida entre nós. *Você também?*, parecemos perguntar um ao outro.

Fico inspirada a falar com ele depois do encontro. Meu corpo me leva até o lado dele da sala antes que eu tenha chance de mudar de ideia. Minha boca começa a falar. Falo sem um plano, improvisando. Mal consigo acompanhar o que estou dizendo – algo sobre futebol. Em que dias ele treina? Em que posição joga? Só sei como é a sensação da proximidade dele, de seus olhos e sua voz voltados exclusivamente para mim.

Certo dia depois da escola, levo Sara comigo para assistir a um jogo de futebol dele. Dá para ver, pela maneira como Eric se comporta em campo, que ele é bom e gentil. É um jogador forte, assertivo com a bola, mas não exagera como alguns dos outros garotos, que expressam decepção ou frustração de forma exagerada. Ele passa a bola para um colega de time, que marca um gol. Eric sorri e aplaude o garoto.

– Gostei dele – diz Sara.

Ela não fica eufórica ou boba com minha paixão. Ela me leva a sério. Por mais que eu diga a mim mesma que não importa o que ela pensa dele, importa sim, e fico feliz que ela o aprove.

Em casa, quando finalmente consegue arrancar de mim a informação de que estou gostando de um garoto, Magda me alerta:

– Só não vá para a cama com ele.

Não sei o que ela quer dizer, não exatamente. No apartamento pequeno em que moramos, é difícil não ver nossos pais deitados juntos às vezes, mas não sei sobre a vida íntima deles. Fico desconfortável ao pensar nisso. Quando Magda me diz para não ir para a cama com Eric, sinto que é algo que quero fazer. Como é possível querer algo que você não sabe o que é? Mesmo assim, eu quero.

Eric começa a me acompanhar até em casa depois da escola, carregando meus livros. Ele me conta que quer ser médico. É voraz e curioso, mas quer buscar conhecimento não apenas pelo conhecimento, mas para ajudar os outros. Digo que pretendo ser professora.

– O que você vai ensinar? – pergunta ele.

Eric quer saber. Ele também diz isso com admiração, como se acreditasse que há muitos assuntos que eu poderia ensinar bem.

– Filosofia – respondo, e ele sorri.

Gosto de vê-lo satisfeito. Sinto que ele se orgulha de mim. Estou acostumada a guardar meus pontos fortes e talentos para mim mesma. Meus pais não vão assistir às minhas competições de ginástica. Klara é a filha especial, a celebrada. Esse não é o meu papel na família. Assim, meus sucessos são tão particulares quanto meus anseios e desapontamentos. Mas aqui está uma pessoa que vê quem sou e quem desejo ser e que sorri.

– Editke – diz ele uma tarde, enquanto seguimos pela rua principal em direção ao meu prédio.

Meu corpo se aquece ao ouvir o termo carinhoso. É celestial ouvi-lo dizer meu nome, mas é ainda melhor ouvi-lo adicionar o -ke. Editke. Pequena Edith. Como se eu fosse um tesouro.

– Editke, tem uma banda de jazz americana que vai se apresentar no sábado. Quer ir ouvi-los tocar? Comigo?

As bochechas dele ficam rosadas. Seu cabelo brilha ao sol.

– Vou falar com os meus pais – digo.

Me sinto acanhada. Sinos tocam dentro do meu peito, mas não posso aceitar sem antes pedir permissão.

Minha mãe está mexendo uma panela de caldo de galinha quando chego em casa, o vapor preenchendo a cozinha, os cheiros de alho e de tutano no ar.

Digo as palavras rapidamente, como se meu pedido fosse irrelevante, como se eu não estivesse explodindo de desejo e surpresa. Fui convidada para um encontro! Para ouvir música! Para dançar! Ele *me* convidou.

Minha mãe mexe a panela devagar, o vapor perfumado subindo até seu rosto.

– Ah – faz ela. Percebo algo como um sorriso em seu rosto. – Ele é um bom garoto, Dicuka?

– É, sim, mãe – digo.

Não sei por que lágrimas brotam nos meus olhos. Tem algo a ver com o quase-sorriso da minha mãe, com a felicidade que vejo que ela quer para mim.

– Seu pai e eu ficaremos felizes em conhecê-lo.

No sábado, visto uma saia plissada branca. Ao me dar conta de que até hoje Eric só me viu com o uniforme escolar, me sinto um pouco vulnerável. Será que ele vai gostar de mim com as roupas que escolhi? Passo colônia atrás das orelhas. É minha própria colônia, que minha mãe me permitiu comprar com meu próprio dinheiro. Às vezes ela a usa também. Cheira a expectativa. Como uma orquestra afinando os instrumentos.

Mal consigo jantar. Eric toca a campainha assim que minha mãe termina de tirar os pratos. Meu pai leva seu cigarro para a sala de estar, que também é onde ele atende os clientes, e convida Eric a se sentar. Sinto a preocupação começar na minha mente e fico me perguntando se as coisas serão rígidas e desconfortáveis, se algo vai dar errado, mas o que realmente permeia o ambiente é a gentileza. Meus pais estão prontos para gostar de Eric. Não estão predispostos a criticá-lo ou rejeitá-lo. Isso que nunca fiz antes – trazer um garoto para casa e apresentá-lo a eles – não é nada de mais.

Eric segura minha mão enquanto caminhamos até o restaurante onde a banda vai tocar. Ainda não anoiteceu. Sua mão é exatamente como eu imaginava que seria. Familiar. Quente.

No restaurante, ele pede chocolate quente para nós dois. Somos as pessoas mais jovens na sala. A música é vibrante, jubilosa. É uma música que vem do outro lado do oceano, onde a guerra está ainda mais distante. Imagino que estamos em Nova York, que Hitler não passa de um nome num recorte de jornal que voa por uma rua da cidade, um nome que não dá para ver no escuro.

– Vamos dançar? – diz Eric, levantando-se da nossa mesinha encostada na parede.

Pego a mão dele e nos dirigimos para a pista. Já dancei com meu pai, em cima dos pés dele, e já dancei em apresentações, mas nunca dancei com o rosto a centímetros de um peito no qual gostaria de me apoiar, com a mão em um ombro que de repente percebo que gostaria de ver descoberto. Eric dança bem, é confiante, tem ritmo, é seguro da direção para onde está nos levando, e eu relaxo no ritmo da batida, de nossos corpos avançando e se afastando. Ele me faz girar, minha saia rodopia, e ele me puxa de volta, para junto de seu corpo. Sinto uma faísca entre nós, um desejo, agudo e doce por dentro, ao colar o corpo no dele, ao sentir uma parte dele que nunca vi ganhar vida buscando por mim.

3
Amor e guerra

Nosso relacionamento tem peso e substância desde o início. Falamos sobre literatura, história e filosofia. Não vivemos em um tempo para namoros despreocupados. Nosso vínculo não é uma paixonite passageira, um amor adolescente; é um amor em tempos de guerra. Um toque de recolher foi imposto aos judeus, mas nos esgueiramos para dar uma caminhada em uma noite de início de verão, sem nossas estrelas amarelas.

– Editke – chama Eric quando chegamos ao meu apartamento.

Ele me abraça forte. Apoio o rosto no peito dele. Fecho os olhos. Quase consigo sentir a guerra se formando ao nosso redor, uma vibração sutil, como o tremor do solo antes da chegada de um trem. Mas está distante. Não fazemos ideia do que vem a seguir. Sinto no rosto as batidas do coração de Eric. A troca de toques – isso é real. É aqui e agora. Talvez tenhamos sorte de nos apaixonar neste momento. Talvez o tumulto ao nosso redor nos dê a oportunidade de mais compromisso, menos questionamentos.

Eric afrouxa o abraço e segura minhas mãos.

– Podemos ir embora daqui – diz ele.

– De Kassa?

– Da Hungria – responde ele. – Da Europa. Hitler logo estará em todos os lugares.

– E ir para onde? – pergunto.

Penso em minha tia Matilda em Nova York, na relutância da minha mãe em mandar Klara estudar lá.

– Para a Palestina – diz Eric. – Podemos ajudar a criar um lugar seguro para nosso povo. Uma pátria judaica.

Não é a primeira vez que me vejo exposta aos ideais sionistas, mas é a primeira vez que penso nisso de maneira pessoal. Tento imaginar nossa vida num deserto. Moraríamos em uma tenda? Em montanhas inóspitas? Nossas famílias iriam conosco?

– Podemos ir embora só nós dois – diz ele.

– E nosso futuro?

– A gente constrói uma vida lá. Eu me formo em Medicina, você se torna professora. Podemos criar nossos filhos num lugar seguro. Sem Hitler nem estrelas amarelas.

É a primeira vez que ele fala sobre construir uma família comigo. Parece romântico, mas a guerra está em sua mente tanto quanto eu estou. E somos muito jovens: não tenho nem 16 anos.

Ele aperta minhas mãos.

– Não faça nada que não queira fazer – diz ele. – É importante ter certeza.

Sinto minha boca seca. Ele iria sem mim?

Ou, mais aterrorizante, eu deixaria minha família? É isso o que estamos realmente discutindo? Deixar para trás o sorriso encantador do meu pai e suas mãos cobertas de giz, deixar a cozinha acolhedora da minha mãe? Deixar para trás os piqueniques, o ônibus para o campo, as caminhadas pela montanha, as refeições num cobertor estendido no chão, o frango frito com salada de batata? Deixar para trás a risada atrevida de Magda, o brilho de seus olhos e seu jeito de balançar a cabeça, seus repetidos "Deixa que eu como o seu"? Deixar para trás as aulas de balé e ginástica artística, o vigor que sinto ao subir na corda?

Passo a maior parte da noite acordada, ponderando a questão que Eric colocou diante de mim.

Minha mãe leva Sara e eu para colher cerejas na casa de uma colega rica no campo, e pergunto a Sara o que ela acha que devo fazer. Ela ouve com atenção, seus dedos puxando as frutas maduras. Sara não tem uma beleza convencional, mas é bela para mim – banhada pela luz do sol, a boca tingida de sumo de cereja, sua presença leal, firme.

– Você tem dúvida? – diz ela.

Ela fala como uma pergunta, mas entendo que está segurando um espelho para que eu possa me olhar claramente. Está me dizendo o que ouve em minha voz.

Eu quero ser confiante assim. Comprometida. Segura.

– O que seu instinto diz? – pergunta ela.

Como faço para ouvir o que *realmente* sinto? Para não dar ouvidos à parte que *quer* se sentir de determinada maneira? São tantas dúvidas que minha cabeça lateja. E se eu for e sentir falta da minha família? E se eu for e nunca mais os vir? Ou acabar sozinha e sem amigos? E se eu for e Eric se apaixonar por outra pessoa?

– Não me sinto pronta – digo. – Não me sinto pronta para partir para o desconhecido.

Eric não me pressiona. À medida que o outono se aproxima, ele ainda fala sobre a Palestina, mas é uma ideia vaga de futuro, não um plano real. Às vezes eu embarco na fantasia e imagino uma vida por lá. Às vezes digo que não tenho certeza. Às vezes afasto a questão da minha mente. Às vezes me convenço de que ninguém sabe o que acontecerá mas nós sabemos. Temos um ao outro e o futuro, uma vida em comum que enxergamos com a mesma clareza que vemos nossas mãos quando as unimos.

Vamos ao rio em um dia de agosto de 1943. Ele leva uma câmera (seu pai é advogado e pode se permitir esses luxos) e me fotografa de maiô, fazendo espacates na grama. Imagino mostrar essa foto aos nossos filhos um dia. E contar a eles como mantivemos nosso amor e nosso compromisso vivos.

Mas quando chego em casa, meu pai se foi.

– Ele foi levado – é tudo o que minha mãe diz.

Ela quer dizer que ele foi para o campo de trabalhos forçados, para onde outros homens judeus foram enviados.

– Mas ele é alfaiate! – protesto. – Ele não tem nada a ver com política!

Minha indignação é um escudo. Se posso protestar contra a falta de lógica de sua prisão, não preciso aceitar que aconteceu. Minha raiva e meu senso de justiça me distanciam da verdade angustiante. De certa forma, minha culpa também. Não consigo parar de pensar naquela noite, dois anos atrás, quando meu pai me bateu e eu desejei que ele morresse. Pressiono meu arrependimento como se fosse uma ferida. É irracional pensar que causei isso a meu pai. No entanto, se eu me agarrar à culpa, não preciso me lamentar. Posso dirigir a tristeza para mim mesma. Posso pensar em como sou cheia de defeitos, em vez de sentir a terrível dor. Ou talvez a culpa seja apenas uma maneira de tentar manter o controle. Se fui eu que provoquei tudo isso, então há uma causa e o mundo se alinha da maneira esperada.

Minha mãe apenas me olha com tristeza.

– Enviei uma mensagem para Klara – diz ela.

De repente sinto raiva. Não dos *nyilas*. Tenho raiva da minha mãe, de sua vontade de se iludir, da parte dela que deposita toda a esperança em Klara. Klara conhece músicos e compositores famosos. Ela vai encontrar um jeito de nos ajudar. Mas Klarie é apenas uma garota com um violino. Uma garota que vai se preocupar, que se sentirá responsável por nós, que pode acabar abandonando sua vida no conservatório para nos ajudar, e eu não quero nada disso. Por que Magda e eu não somos suficientes para confortar nossa mãe, para lhe dar força? Por que ela se desespera tão fácil? Por que não me conforta?

As aulas recomeçam. Nem o pai de Sara nem o de Eric foram levados. A prisão do meu pai se prolonga.

Minha mãe não fala sobre seus medos, mas eu a vejo tentando preparar várias refeições com um único frango. Ela tem enxaquecas. Para obter alguma renda, alugamos um quarto do nosso apartamento para o dono de uma loja do outro lado da rua. Passo muitas horas por lá apenas para ter sua presença reconfortante por perto.

Magda, que agora é basicamente uma adulta, consegue descobrir onde nosso pai está e vai visitá-lo. Ela o vê cambaleando sob o peso de uma mesa que precisa carregar de um lugar para outro. Esse é o único detalhe que ela me conta. Não sei o que essa imagem significa. Não sei que trabalho é esse que meu pai é obrigado a fazer na prisão, não sei por quanto tempo ele será mantido prisioneiro. Tenho duas imagens do meu pai: uma, como eu o conheci durante toda a minha vida, um cigarro no canto da boca, a fita métrica pendurada no pescoço, um giz na mão para traçar o molde em um tecido caro, os olhos brilhando, prestes a começar a cantar, prestes a contar uma piada; e, agora, essa imagem nova: levantando uma mesa pesada demais, em um lugar sem nome, uma terra de ninguém.

Quando conto a Eric, ele volta a falar sobre a Palestina.

– Você pensou mais sobre a ideia de ir embora?

Claro que pensei. Porém, embora a prisão do meu pai torne a possibilidade de partir mais urgente, também a torna impossível. Eu jamais conseguiria abandonar minha família, jamais conseguiria deixar a Europa sem me despedir do meu pai.

– Por que você acha que ele foi levado? – pergunto a Eric.

Ainda estou tentando encontrar uma razão, forjar ordem e lógica em algo que não faz sentido. Quero lidar com minha impotência com perguntas que têm respostas.

– É um jogo de poder – responde Eric. – Eles o levaram porque podiam. Isso mostra como são fortes e ameaçadores.

Meu pai já sobreviveu a outras provações como essas, já foi prisioneiro na Primeira Guerra. Ele vai saber o que fazer, como se comportar, como resistir. É nisso que encontro consolo.

No final de setembro, no meu 16º aniversário, não vou à escola por causa de uma gripe e Eric vem me visitar trazendo dezesseis rosas. É o momento mais romântico que já vivenciei. Enterro o rosto nas flores, meu nariz tão congestionado que nem sinto direito o perfume, mas saboreio a sensação das pétalas macias no rosto. Eric pega as rosas, arruma-as em uma mesinha lateral e me puxa para seu peito. Eu me aconchego em sua doçura firme. Então ele me afasta um pouco para olhar nos meus olhos.

Sua boca se aproxima da minha e eu fecho os olhos para receber seu doce beijo.

Estou feliz, mas também estou triste. A que posso me agarrar? O que permanece?

No dia seguinte, dou para uma amiga a foto que Eric tirou de mim na beira do rio. Não consigo me lembrar do motivo. Para que ela guarde em segurança? Acho que de alguma forma eu sabia que precisaria que alguém preservasse evidências da minha vida, sabia que precisaria plantar ao meu redor provas da minha existência como se espalhasse sementes.

Eric e eu passamos o inverno saindo escondidos depois do toque de recolher. Entramos na fila do cinema e encontramos nossas poltronas no escuro. Assistimos a um filme americano, estrelado por Bette Davis. *A estranha passageira*. Descobri, depois, que o título em inglês é *Now Voyager*, mas na Hungria se chama *Utazás a múltból*, Jornada ao Passado. Bette Davis interpreta uma filha solteira, tiranizada pela mãe controladora. Ela tenta se encontrar, ser livre, mas é frequentemente arrasada pelas críticas da mãe.

– É uma metáfora – diz Eric enquanto caminhamos de volta para meu apartamento. – Uma mensagem política. Se a Alemanha nazista é a mãe, a Hungria e outros países europeus são como a filha tentando conquistar autonomia.

Faz sentido, mas, para mim, o filme tem um cunho mais pessoal: trata da autoestima. Nas personagens da mãe e da filha vejo um pouco da minha mãe e de Magda – minha mãe, que adora Eric, mas critica Magda por seus namoros casuais; que me implora para comer mais, mas se recusa a encher o prato de Magda; que em geral é calada e introspectiva, mas tem acessos de ira contra

Magda; cuja raiva, embora nunca seja direcionada a mim, me aterroriza como se fosse.

⁓

Outra noite assistimos a *Por quem os sinos dobram?*, sobre um americano que está lutando na Guerra Civil espanhola e se apaixona por uma guerrilheira. A violência no filme é chocante para mim – e emocionante. É um alívio ver o conflito se tornar físico, uma revolta contra o fascismo. Ver que algo pode ser feito. O personagem de Gary Cooper, Roberto, colocando uma bomba numa ponte para interromper uma linha de tanques. Eu me sento mais para a frente na poltrona, apertando a mão de Eric no escuro do cinema, o coração acelerado. Um homem, um único corpo, contra uma procissão de máquinas militares.

Mas não é apenas uma história de guerra. É uma história de amor. A personagem de Ingrid Bergman, Maria, também é guerrilheira. Tem o cabelo curto como o de um menino e usa uma camisa verde de botão por dentro de uma calça azul com cinto. Ela passa os dedos pelos cachos curtos. "É assim que eu me penteio", diz. Sexy. Confiante. É uma mulher forte e vivaz, mas uma tristeza profunda e eterna jaz logo abaixo da superfície. Descobrimos que ela foi prisioneira, amarrada pelos punhos em uma longa fila de mulheres e meninas, obrigada a assistir ao fuzilamento dos pais. Ela quis morrer também, dizer "Viva a República e meus pais" e morrer, mas lhe foi dado um destino diferente, algo que Roberto não a deixa expressar em palavras, algo terrível que ela transmite apenas com os olhos. Um dos homens diz a Roberto que, quando Maria foi resgatada pelo grupo de guerrilheiros, sua cabeça estava raspada. "Ela parecia um gatinho se afogando", diz ele. "É uma mulher muito estranha", acrescenta mais tarde. "Ela não pertence a ninguém."

Estou fascinada por Maria – seus olhos luminosos e sua graça élfica, sua feroz falta de pertencimento e suas habilidades de sobrevivência, e ainda assim, apesar de ter sido ferida de todas as formas, sua capacidade de amar. Ela se entrega prontamente ao amor. Não com a sensualidade provocante da minha irmã. É uma qualidade diferente que a faz brilhar, uma autenticidade cativante. Ela é autêntica.

– Eu não sei beijar – diz ela a Roberto –, senão eu beijaria você. Como os narizes se encaixam?

O primeiro beijo deles é tão apaixonado que meu estômago dá voltas e reviravoltas. Sinto o calor do corpo de Eric ao lado do meu, seus olhos fixos na tela.

Caminhando para casa, ele está quieto, sério.

– Não sabemos o que vai acontecer – diz ele.

– Não – concordo.

Será que Maria se sentia segura antes de sua aldeia ser tomada pelo inimigo? Estaria ela alheia à ameaça ou ciente de sua iminência? Quais terão sido as últimas palavras que ela disse aos pais antes de morrerem?

– "Um homem luta pelo que acredita" – diz ele, citando uma frase de Roberto no filme.

– "O que quer que aconteça com você acontecerá comigo" – respondo, repetindo algo que Maria diz a Roberto.

Penso no título do filme, *Por quem os sinos dobram*. Ele vem do famoso romance de Ernest Hemingway, e Hemingway, por sua vez, pegou emprestadas as palavras de John Donne: *A morte de qualquer homem me diminui, porque sou parte do gênero humano, portanto nunca pergunte por quem os sinos dobram; eles dobram por ti.* Estamos interconectados, toda a humanidade. Pertencemos uns aos outros. Se você sofre, eu sofro. Se você morre, eu morro. Nossos destinos estão entrelaçados. A guerra torna isso óbvio. Todos estamos sujeitos aos mesmos medos, durezas, privações. No entanto, "fazer parte da humanidade" também é estar perplexo diante das escolhas. Sentir-se perdido na vastidão. Lutar para encontrar direção, lutar para escolher.

Penso em Maria, tão confiante e inabalável em seu amor. "Eu te amo, Roberto", diz ela. "Lembre-se sempre disso. Eu te amo como amei meus pais, como amo nossos filhos ainda não nascidos, como amo o que mais amo no mundo, e te amo mais. Lembre-se sempre disso."

4
As quatro perguntas

O clima começa a pesar pouco a pouco. Meu pai ainda não voltou para casa. Não recebemos nenhuma carta. Nenhuma notícia. O medo e o desespero da minha mãe lançam uma sombra pesada sobre nossa casa, mas nunca choramos juntas.

Um dia estou voltando de bicicleta da casa dos meus avós. Estou vestindo a saia plissada branca que usei no meu primeiro encontro com Eric. Quando chego em casa, vejo manchas de sangue em todo o tecido. Fico apavorada. Vou correndo até minha mãe, chorando. Peço que ela me ajude a encontrar onde me machuquei. Ela me dá um tapa. É uma tradição húngara que a menina receba um tapa ao ter sua primeira menstruação, mas eu não sabia nada sobre isso. Conheço meu corpo bem o suficiente para lançá-lo ao ar, me curvar para trás fazendo uma ponte, mas não sei nada sobre ciclo menstrual, anatomia, feminilidade.

– Não vá engravidar, hein – me diz Magda.

Ouço uma advertência por trás de seu tom provocador. O risco é grande. Até meu próprio corpo pode me trair.

———

Em março, sete meses após a prisão do meu pai, volto da escola e o encontro sentado com minha mãe à mesa da cozinha.

– Pai! – exclamo.

Corro para os braços dele. Ele me puxa para seu colo como se eu fosse uma menininha e acaricia meus cabelos com o nariz. A vida restaurada.

No entanto, há perguntas prementes.

– O que eles o obrigaram a fazer? – pergunto. – Você vai ser levado de novo?

– Dicuka – minha mãe me repreende. – Ele voltou e estamos gratos por isso. Deixe seu pai descansar.

– Ilonka, ela não é uma criança – diz meu pai.

Ele me levanta do colo, faz um gesto indicando que eu me sente à mesa em frente a ele e pede a minha mãe que prepare um chocolate quente para mim. Ele acende um cigarro. Suas mãos estão rachadas e ásperas, os dedos parecem rígidos.

– Há coisas que nunca vou contar para você – diz ele. – Serão meu fardo. Carregarei essas lembranças sozinho. – Sua voz falha. Ele traga o cigarro e exala, a fumaça se misturando com o vapor da minha xícara de chocolate quente. – Mas vou lhe dizer o seguinte: houve momentos em que me senti tão desesperado, em que a vida parecia tão fútil, que eu quis morrer.

Minha mãe respira fundo audivelmente e lhe lança um olhar de alerta.

– Pare com isso – diz meu pai a ela, e se volta para mim novamente. – Dicuka, está acontecendo uma guerra, a ameaça de morte está por toda parte. É tentador desistir. Nunca mais falarei sobre esse assunto, mas agora eu digo a você, imploro a você, que quando as coisas tomarem um rumo ruim... – lágrimas descem livremente por suas faces mal barbeadas – ... escolha a vida.

Ele apaga o cigarro e se levanta.

– Vou dar uma saída rápida – diz.

Presumo que ele quer dizer que vai ver os amigos, os companheiros de bilhar, para contar que voltou, talvez ganhar algumas moedas, rir um pouco. Não me ocorre que haja outra pessoa que ele possa estar ansioso para ver ou qualquer outro motivo para minha mãe baixar a cabeça depressa, mas não antes de eu vê-la estremecer.

Algumas semanas se passam. Estou no estúdio de ginástica, me aquecendo com exercícios de solo no tapetinho azul – estico os pés, flexiono os pés, alongo as pernas e os braços, o pescoço e as costas. Me sinto eu mesma novamente. Não sou a menininha vesga com medo de dizer o nome, a filha com medo por sua família. Sou uma artista e uma atleta, meu corpo é forte e flexível. Não tenho a beleza de Magda ou a fama de Klara, mas tenho um corpo esguio e expressivo, cuja existência emergente é a única coisa verdadeira de que preciso. A prática, minha habilidade... minha vida transborda de possibilidades. Os melhores de nós na minha turma de ginástica formaram uma equipe de treinamento olímpico. Os Jogos de 1944 foram cancelados devido à guerra, mas isso só nos dá mais tempo para nos prepararmos.

Fecho os olhos, estico os braços e o tórax e dobro o corpo para a frente sobre as pernas. Então minha amiga me cutuca com o pé e, quando levanto a cabeça, vejo a treinadora vindo em minha direção. A treinadora cujo bairro visito, cuja casa tento espiar. A treinadora que praticamente venero.

– Editke – diz ela ao se aproximar. – Posso ter uma palavrinha com você, por favor?

Seus dedos deslizam uma vez pelas minhas costas enquanto ela me conduz para o corredor. Olho para ela, esperando. Talvez ela tenha notado quanto melhorei no salto. Talvez queira que eu lidere a equipe em mais exercícios de alongamento no final do treino de hoje. Talvez queira me convidar para jantar em sua casa. Já estou com o sim na ponta da língua.

– Não sei como lhe dizer isto... – começa a treinadora.

Ela observa meu rosto e depois desvia o olhar para a janela, onde o sol poente brilha intensamente.

– Aconteceu alguma coisa com a minha irmã? – pergunto antes mesmo de perceber a terrível imagem se formando em minha mente.

Minha mãe foi a Budapeste para ver Klara tocar em um concerto e voltar com ela para o Pessach. Enquanto estou ali no corredor com minha treinadora incapaz de me encarar, me pergunto se o trem em que elas estavam descarrilou. Elas só deverão vir daqui a alguns dias, mas essa é a única tragédia em que consigo pensar. Mesmo em tempos de guerra, o primeiro desastre que me vem à mente é mecânico, uma tragédia de erro humano, não de concepção humana, embora eu saiba que alguns dos professores de Klara, incluindo alguns dos gentios, já fugiram da Europa por temerem o que está por vir.

– Sua família está bem. – O tom de voz dela não me tranquiliza. – Edith. Esta decisão não foi minha, mas cabe a mim lhe informar que sua vaga na equipe de treino olímpico será dada a outra pessoa.

Acho que vou vomitar. Me sinto uma estranha na minha pele.

– O que foi que eu fiz? – Repasso mentalmente os meses de treinos rigorosos, tentando entender onde errei. – Não estou entendendo.

– Minha querida – diz ela, e olha diretamente para o meu rosto, o que é pior, porque vejo que ela está chorando, e neste momento, quando meus sonhos estão sendo picotados como jornal num açougue, eu não quero sentir pena dela. – A verdade simples é que, por causa da sua origem, você não está mais qualificada.

Penso nos garotos que cuspiram em mim e me chamaram de judia imunda, nos meus amigos judeus que pararam de ir à escola para evitar o assédio e agora acompanham as aulas pelo rádio. "Se alguém cuspir em você, cuspa de volta", meu pai me instruiu. "É assim que se faz."

Penso em cuspir na minha treinadora, mas reagir seria aceitar a notícia devastadora dela. Não vou aceitar.

– Eu não sou judia – digo.

– Lamento muito, Editke. Muito mesmo. Ainda quero você no estúdio. Gostaria que você treinasse a sua substituta na equipe.

Mais uma vez sinto seus dedos em minhas costas. Daqui a um ano, minhas costas estarão quebradas exatamente no ponto que ela está tocando. Daqui a algumas semanas, minha própria vida estará em risco. Mas aqui, agora, no corredor do meu querido estúdio, minha vida parece já ter acabado.

Não conto a ninguém o que aconteceu, nem a Eric, nem mesmo à minha família. Não quero sobrecarregá-los com mais essa. Em vez disso, planejo minha vingança. Não será uma vingança pelo ódio, e sim pela perfeição. Vou mostrar à treinadora que sou a melhor. A atleta mais completa. Vou treinar minha substituta tão perfeitamente que ela vai lamentar ter me cortado da equipe olímpica. No dia em que está prevista a volta da minha mãe com Klara, sigo pelo tapete vermelho do corredor do prédio dando estrelas, imaginando minha substituta como minha aprendiz e eu como a estrela principal da equipe.

Minha mãe e Magda estão na cozinha. Magda pica maçãs para o *charoset*, enquanto minha mãe mexe a massa de bolinhos de matzá. As duas estão de cara fechada, mal notam que cheguei. Elas vivem assim, agora. Brigam o tempo todo e, quando não estão brigando, tratam-se como se já estivessem em um confronto. As discussões costumavam ser sobre comida, minha mãe sempre preocupada com o peso de Magda, mas agora o conflito cresceu a ponto de se tornar uma hostilidade generalizada e crônica.

– Cadê a Klarie? – pergunto, pegando nozes picadas de uma tigela.

– Em Budapeste – responde Magda.

Minha mãe bate com a tigela no balcão. Quero perguntar por que minha irmã não veio. Ela realmente preferiu a música em vez de nós? Ou não lhe permitiram se ausentar por ocasião de uma data que nenhum de seus colegas de turma celebra? Mas não falo nada. Tenho medo de que minhas perguntas façam transbordar a raiva obviamente malcontida da minha mãe. Vou para o quarto que dividimos, meus pais, Magda e eu.

Em qualquer outra noite, especialmente se fosse uma data especial, nos reuniríamos ao redor do piano, o instrumento que Magda estuda desde muito nova. Ela e meu pai se revezavam tocando o acompanhamento das canções. Nós duas não somos prodígios como Klara, mas ainda temos paixões criativas que nossos pais reconhecem e incentivam. Depois que Magda tocava, era minha vez de me apresentar. "Dance, Dicuka!", dizia minha mãe. E, embora fosse mais uma exigência do que um convite, eu saboreava a atenção e os elogios dos meus pais. Então era a vez de Klara, a atração principal, tocar violino, e minha mãe parecia se transformar. Mas hoje não há música em nossa casa.

Antes da refeição, Magda tenta me animar relembrando Seders passados, quando eu colocava meias no sutiã para impressionar Klara, querendo mostrar que havia me tornado uma mulher enquanto ela estava fora.

– Agora você tem sua própria feminilidade para exibir – diz Magda.

À mesa do Seder, ela continua com as travessuras, metendo os dedos na taça de vinho que reservamos para o profeta Elias, como é o costume. Elias, que salva os judeus do perigo. Em qualquer outra noite, nosso pai acabaria rindo. Em qualquer outra noite, nossa mãe daria uma bronca severa. Mas hoje nosso pai está tão distraído que nem nota, e nossa mãe, tão angustiada com a ausência de Klara que nem repreende Magda. Quando abrimos a porta do apartamento para deixar o profeta entrar, sinto um calafrio que não tem nada a ver com o clima fresco da noite. No fundo, sei que precisamos de muita proteção.

– Você foi ao consulado? – pergunta meu pai. Ele nem finge conduzir o Seder. Ninguém além de Magda consegue comer. – Ilona?

– Fui ao consulado – diz minha mãe.

Ela parece pronunciar as palavras a partir de outro cômodo.

– O que exatamente Klara disse?

– De novo? – protesta minha mãe.

– De novo.

Ela conta sem emoção, os dedos brincando com o guardanapo.

Klara ligou para o hotel em que minha mãe estava às quatro da madrugada. Seu professor acabara de lhe contar que um ex-professor do conservatório, Béla Bartók, agora um compositor famoso, havia ligado dos Estados Unidos com um aviso: os alemães na Tchecoslováquia e na Hungria iam começar a fechar o cerco e os judeus seriam levados ao amanhecer. O professor de Klara a proibiu de ir a Kassa. Ele queria também que ela convencesse minha mãe a ficar em Budapeste e mandasse buscar o restante da família.

– Por que você voltou para casa, Ilona? – geme meu pai. Minha mãe o fuzila com os olhos.

– E quanto ao que construímos aqui? Deveríamos simplesmente largar tudo? E se vocês não conseguissem chegar a Budapeste? Você queria que eu vivesse com isso?

Não percebo que eles estão aterrorizados. Só escuto a culpa e a decepção que meus pais rotineiramente passam de um para o outro como a lançadeira de um tear. *Veja o que você fez. Veja o que você não fez. Veja o que você fez. Veja o que você não fez.* Mais tarde, vou aprender que isso não é apenas a briga habitual dos dois, que há uma história e um peso na disputa que eles estão tendo agora. Há as passagens para a América que meu pai recusou. Há o oficial húngaro que abordou minha mãe com documentos falsos para toda a família, insistindo que fugíssemos. Mais tarde, descobriremos que ambos tiveram a oportunidade de fazer escolhas diferentes. Agora os dois sofrem as dores do arrependimento e cobrem o arrependimento com recriminações.

– Podemos fazer as quatro perguntas? – pergunto para interromper o desânimo dos meus pais.

Esse é meu papel na família. Sou a pacificadora entre meus pais e entre Magda e minha mãe. Não tenho controle sobre nenhum dos planos que estão sendo traçados lá fora, mas em nossa casa tenho uma tarefa a cumprir. É meu dever, como a filha mais nova, fazer as quatro perguntas. Nem preciso abrir a Hagadá. Sei o texto de cor.

– Por que esta noite é diferente de todas as outras? – começo.

Ao final da refeição, meu pai circunda a mesa beijando cada uma de nós na cabeça. Ele está chorando. *Por que esta noite é diferente de todas as outras?* Antes do amanhecer, saberemos.

5

O que você coloca em sua mente

Eles chegam quando ainda está escuro. Esmurram a porta, bradam ordens. Meu pai os deixa entrar ou eles forçam a entrada? São soldados alemães ou *nyilas*? Não consigo entender os barulhos que me arrancam do sono. Ainda sinto na boca o gosto do vinho do Seder. Os soldados invadem o quarto, anunciando que seremos retirados de casa e realocados. Temos permissão de levar uma única mala para nós quatro. Mal coloquei as pernas para fora do catre onde durmo aos pés da cama dos meus pais e minha mãe já está em movimento. Antes que eu perceba, ela já está vestida e pegando no alto do armário a caixinha que sei que contém um pedaço do *caul* de Klara, a membrana que cobria sua cabeça e o rosto como um capacete quando ela nasceu. As parteiras guardavam essas membranas e as vendiam aos marinheiros como proteção

contra o afogamento. Minha mãe não confia a caixa à mala e a guarda no fundo do bolso do casaco, como um amuleto da sorte. Não sei se ela guarda isso para proteger Klara ou todos nós.
– Depressa, Dicu – ela me instiga. – Levante-se. Vista-se.
– Não que as roupas façam grande coisa pelo seu corpo – sussurra Magda.

Ela não dá folga de suas provocações. Como vou saber quando for a hora de realmente ter medo?

Minha mãe está na cozinha embrulhando sobras de comida, potes e panelas. Ela nos manterá vivos por duas semanas, graças aos suprimentos que consegue pensar em levar nesse momento. Meu pai anda de um lado para outro no quarto e na sala, pegando livros, castiçais, roupas, pondo coisas no chão.

– Cobertores! – grita minha mãe para ele.

Acho que, se ele tivesse um *petit four*, seria isso que ele levaria, apenas pela alegria de me entregar mais tarde, de ver um rápido segundo de prazer no meu rosto. Ainda bem que minha mãe é mais prática. Quando ainda era criança, ela assumiu o papel de cuidar dos irmãos mais novos e evitou que passassem fome durante tempos muito difíceis. *Deus é minha testemunha*, imagino-a pensando agora, enquanto empacota as coisas que consegue, *nunca mais passarei fome*. No entanto, quero que ela largue as louças, as ferramentas de sobrevivência, e volte para o quarto para me ajudar. Ou pelo menos que me chame. Que me diga o que vestir. Que me diga para não ter medo. Que me diga que está tudo bem.

Os soldados pisam forte e derrubam cadeiras com as armas. *Rápido. Rápido.* Sinto uma raiva repentina da minha mãe. Ela salvaria Klara antes de me salvar. Preferiria pegar tudo que há na despensa a segurar minha mão no escuro. Vou ter que encontrar meu próprio afeto, minha própria sorte. Apesar da friagem da madrugada de abril, visto um fino vestido de seda azul, o mesmo que usei no meu aniversário, quando Eric me beijou. Traço os plissados com os dedos. Aperto o cinto de camurça azul estreito. Vou usar este vestido para que os braços dele possam envolver meu corpo novamente. Este vestido me manterá desejável, protegida, pronta para recuperar o amor. Se eu estremecer, será um sinal de esperança, um sinal de minha confiança em algo mais profundo, melhor. Imagino Eric e sua família também se vestindo e se apressando no escuro. Sinto que ele está pensando em mim. Uma corrente de energia percorre meu corpo dos pés à cabeça. Fecho os olhos e abraço meu próprio corpo, permitindo que essa lembrança de amor e esperança me mantenha aquecida.

Mas a feiura do presente invade meu mundo particular.

– Onde fica o banheiro? – grita um dos soldados para Magda.

Minha irmã mandona, sarcástica e sedutora se encolhe diante daquele olhar. Nunca a vi ter medo. Ela nunca perdeu a oportunidade de provocar alguém, de fazer as pessoas rirem. Figuras de autoridade nunca tiveram poder sobre ela. Na escola, ela não cumpria a exigência de se levantar sempre que um professor entrava na sala. Uma vez, foi repreendida pelo professor de matemática, um homem muito baixo, que a chamou pelo sobrenome, Elefánt. Minha irmã se levantou na ponta dos pés e olhou para ele. "Ah, o senhor está aí?", disse ela. "Eu não tinha visto." Mas hoje os homens estão armados. Ela não faz nenhuma observação grosseira nem dá nenhuma resposta cortante. Aponta humildemente para a porta do banheiro. O soldado a empurra para tirá-la do caminho. Ele segura uma arma. De que outra prova de domínio ele precisa? É quando começo a perceber que as coisas sempre podem piorar. De que cada momento guarda um potencial para a violência. Nunca sabemos quando ou como seremos destruídos. Fazer o que mandam pode não ser a salvação.

– Fora. Já. Vamos fazer uma pequena viagem – debocham os soldados.

Meu pai pega a mala que minha mãe acabou de fechar. Ela abotoa o casaco cinza e é a primeira a seguir o oficial para a rua. Eu vou em seguida, depois Magda. Antes de chegarmos à carroça que nos espera na calçada, eu me viro para ver meu pai sair. Ele fica de frente para a porta, mala na mão, parecendo confuso, um viajante da madrugada tateando os bolsos em busca das chaves. Um soldado grita um insulto cortante e chuta a porta com o calcanhar, escancarando-a.

– Vai, dá uma última olhada – diz ele. – Aproveita.

Meu pai contempla o espaço escuro. Por um momento ele parece confuso, como se não conseguisse determinar se o soldado está sendo generoso ou cruel. Então o soldado dá um chute no seu joelho. Meu pai vem mancando até nós na carroça, onde outras famílias já esperam.

Estou dividida entre o impulso de proteger meus pais e a tristeza por eles não poderem me proteger. Rezo: *Eric, me ajude a encontrá-lo aonde quer que nos levem. Não esqueça nosso futuro. Não esqueça nosso amor.* Magda não diz uma palavra enquanto seguimos lado a lado nos assentos de madeira nua. Não ter segurado a mão da minha irmã naquele momento é algo que ocupa um lugar de destaque na minha lista de arrependimentos.

―――

Quando o dia começa a raiar, a carroça para ao lado da fábrica de tijolos dos Jakab, na periferia da cidade, e somos conduzidos para o interior. Demos sorte: os primeiros a chegar conseguem alojamentos nos galpões de secagem. A maior parte dos quase doze mil judeus que serão presos aqui dormirá sem um teto sobre a cabeça. Todos nós dormiremos no chão. Vamos nos cobrir com nossos casacos e tremer com a friagem da primavera. Taparemos os ouvidos quando, por pequenas ofensas, pessoas forem espancadas com cassetetes de borracha no centro do campo. Não há água corrente. O que temos são baldes, que nunca chegam em quantidade suficiente, em carroças. No início, as rações, combinadas com as panquecas que minha mãe faz com o que trouxe de casa, conseguem nos alimentar, mas depois de apenas alguns dias a dor da fome se torna constante. Magda encontra sua ex-professora de ginástica artística no alojamento ao lado, lutando para cuidar de um bebê recém-nascido nessas condições. "O que vou fazer quando meu leite acabar?", lamenta ela. "Meu bebê não para de chorar."

O campo tem dois lados, separados por uma rua. Nosso lado é ocupado pelos judeus da nossa região. Descobrimos que todos os judeus de Kassa foram trazidos para cá. Encontramos vizinhos, comerciantes, professores, amigos. Mas meus avós, cuja casa ficava a meia hora de caminhada do nosso apartamento, não estão do nosso lado do campo. Portões e guardas nos separam do outro lado. Não podemos atravessar. Mas imploro a um guarda e ele permite que eu procure meus avós. Caminho por entre as barracas sem paredes, repetindo baixinho os nomes deles. Vou de um lado a outro, passando por fileiras de famílias amontoadas. Chamo o nome de Eric também. Digo a mim mesma que é apenas uma questão de tempo e perseverança até que eu o encontre ou seja encontrada por ele.

Não encontro meus avós. Não encontro Eric. Penso em coisas irrelevantes mas que são importantes para mim, como minha boneca, a Pequena, largada na minha cama. Uma boneca não nos traria nenhuma vantagem neste lugar. De todas as coisas que precisamos abandonar, melhor seria desejar comida, cobertores. Mas minha solitária boneca abandonada me angustia. Espero que uma criança fique com ela, a abrace forte, veja seus olhos verdes se abrirem.

Uma tarde, quando as carroças de água chegam e todo mundo corre para pegar um pouco em baldes, Eric me vê sentada sozinha, vigiando os casacos da minha família. Ele me beija na testa, nas faces, na boca. Toco o cinto de camurça do meu vestido de seda, agradecendo por ter me trazido sorte.

Conseguimos nos encontrar todos os dias depois disso. Às vezes especulamos sobre o que vai acontecer conosco. Correm boatos de que seremos enviados para um lugar chamado Kenyérmező, onde trabalharemos e viveremos com nossas famílias durante a guerra. Não sabemos que o boato foi iniciado pela polícia húngara e pelos *nyilas*, para nos dar falsas esperanças. Após a guerra, pilhas de cartas de parentes em cidades distantes serão encontradas nas agências dos correios, nunca abertas. Nas linhas de endereço se lê *Kenyérmező*. Um lugar que não existia.

– Palestina – diz Eric.

Antes da fábrica de tijolos, essa palavra me enchia de tristeza e medo. Uma escolha impossível. Agora, ela é repleta de esperança. Significa que estamos pensando além das circunstâncias atuais, que podemos imaginar uma realidade após a guerra.

– Se conseguirmos chegar a Viena – diz Eric –, podemos nos inscrever para um transporte para a Palestina.

– Sim.

Incentivo-o a continuar falando, fazendo planos. Quero estar com ele, quero imaginar nosso futuro juntos. Se algo pior está por vir, não quero saber.

De dentro da fábrica de tijolos ouvimos os bondes passando. Estão ao nosso alcance – seria fácil pular a bordo. Mas qualquer um que se aproxime da cerca externa é morto a tiros, sem advertência prévia. Uma menina apenas um pouco mais velha do que eu tenta fugir. Eles penduram seu corpo no meio do campo para

servir de exemplo. Meus pais não comentam o assunto comigo ou com Magda.
– Tente conseguir um torrãozinho de açúcar – meu pai nos diz.
– Arranje um e guarde. Tenha sempre alguma coisa doce no bolso.
Um dia ouvimos dizer que meus avós foram levados em um dos primeiros transportes a deixar a fábrica. Vamos revê-los em Kenyérmező, pensamos. Dou um beijo de boa-noite em Eric e acredito que seus lábios são a doçura com que posso contar.

Certa manhã bem cedo, depois de mais ou menos um mês na fábrica, nossa seção do campo é evacuada. Corro para encontrar alguém que possa avisar Eric.
– Desista, Dicu – diz minha mãe.
Eles escreveram uma carta de despedida para Klara, mas não há como enviá-la. Vejo minha mãe jogá-la no chão, onde fica caída como cinzas de cigarro até desaparecer sob três mil pares de pés. A seda do meu vestido roça em minhas pernas enquanto avançamos e paramos, avançamos e paramos, três mil pessoas marchando em direção aos portões da fábrica, sendo empurradas para uma longa fila de caminhões à nossa espera.
Mais uma vez, nos amontoamos no escuro, dentro do veículo. Fico me perguntando se Eric recebeu minha mensagem, se ele sabe que estamos indo embora, se voltarei a vê-lo e quando. De repente, ouço meu nome. É Eric. Ele me chama de trás das tábuas de madeira do caminhão.
– Estou aqui! – grito, abrindo caminho por entre as pessoas em direção à voz dele.
As frestas são tão estreitas que quase não consigo vê-lo. O motor é ligado. Ele se aproxima mais do caminhão, as mãos pressionadas contra as tábuas que nos separam.

– Editke, eu corri por todos os caminhões chamando seu nome!
– Você me encontrou – digo.
Tento enfiar os dedos entre as minúsculas frestas, mas não consigo alcançá-lo.
– Fomos feitos para ficar juntos para sempre – diz ele.
Não somos os únicos nos falando através das frestas. Não consigo ver muita coisa lá fora, mas imagino as pessoas ao longo da fila de caminhões, pronunciando palavras sagradas.
– Deus quis que nos encontrássemos – digo. – Deus nos uniu para estarmos juntos. Nunca vamos nos separar. Estaremos juntos enquanto vivermos.
Os guardas estão gritando agora, obrigando todos que estão fora dos caminhões a voltar para dentro da fábrica.
– Nunca esquecerei seus olhos – diz Eric. – Nunca esquecerei suas mãos.
As mãos dele se afastam das frestas. Meus dedos agora não sentem nada além do ar frio.
– Eric... – murmuro.
Imagino-o ao meu lado no interior escuro do caminhão, eu me apoiando no encaixe do seu braço, sentindo seu cheiro de grama fresca.
Volto para junto da minha família. Ninguém fala nada. Minha mãe está sentada muito ereta. *Nunca esquecerei seus olhos. Nunca esquecerei suas mãos.* Repito as palavras de Eric incessantemente enquanto o veículo se põe em movimento. Após uma curta distância, paramos novamente.
Um guarda bate na traseira do caminhão.
– Banheiro? Alguém? – grita. – Pausa para banheiro.
– Eu! – exclamo.
– Dicu! – adverte minha mãe quando me levanto.
Vou até os fundos do caminhão. Fico surpresa com minhas próprias ações, como se meu corpo se movesse por conta

própria, desconectado da mente. O guarda abre a porta de trás e eu desço de um pulo. A luz do sol é intensa em contraste com a escuridão que reina no interior do veículo, mas consigo ver que estamos numa estação de trem. O guarda aponta para os banheiros na plataforma.

– Pode ir, mas seja rápida – diz ele. – Vai ser uma viagem longa.

Ele quer me intimidar ou expressar uma estranha espécie de cuidado? Corro em direção ao banheiro. O que aconteceria se eu voltasse para a fábrica? Se procurasse Eric? Vejo um conhecido caminhando pela plataforma: um vizinho nosso, gentio, que trabalha na estação. Ele me vê e acena. Eu poderia pedir ajuda a ele. Poderia pedir que me escondesse em sua casa. Mas e minha mãe? Imagino-a tensa no caminhão, o rosto e os ombros se contraindo a cada minuto que passa. Termino de usar o banheiro e volto correndo para o caminhão. Me sento ao lado da minha mãe. Ela solta um suspiro profundo.

Logo a porta do caminhão se abre e nos mandam sair para embarcar em um vagão de trem lotado. Mal ouço os gritos dos soldados ou o choro das crianças, embalada pelo bálsamo da voz de Eric. *Se eu sobreviver hoje,* digo a mim mesma, *poderei mostrar a ele meus olhos, minhas mãos.* Respiro no ritmo desse mantra. *Se eu sobreviver hoje... Se eu sobreviver hoje, amanhã estarei livre.*

O vagão é diferente de qualquer outro em que já estive. É um trem de transporte de gado ou carga, não de passageiros. Somos carga humana. Cada vagão leva centenas de pessoas. Cada hora parece uma semana, a incerteza faz os momentos se alongarem – a incerteza e o ruído implacável das rodas nos trilhos. Há um único pão para oito pessoas, um balde de água, um balde para as necessidades fisiológicas. O vagão cheira a suor e excremento. Pessoas morrem no caminho. Todos dormimos em pé, apoiados em nossos familiares, nos afastando dos mortos. Vejo um pai entregar algo à filha, um pacote com comprimidos. "Se tentarem fazer algo com você...", instrui ele. De tempos em tempos o trem para e algumas pessoas de cada vagão recebem ordens de sair para buscar água. Magda leva o balde uma vez e, na volta, anuncia: "Estamos na Polônia." Mais tarde ela explica como sabe: quando foi buscar água, um homem que estava trabalhando no campo gritou uma saudação para ela em polonês e em alemão, dizendo o nome da cidade, gesticulando freneticamente e passando o dedo pelo pescoço. "Só está tentando nos assustar," diz Magda.

O trem avança. Magda xinga baixinho. Será mais saudável expressar os pensamentos ruins ou engoli-los? Meus pais estão desmoronados, um de cada lado meu. Não falam. Nunca os vejo se tocarem. A barba do meu pai cresce, os fios grisalhos. Ele parece mais velho que o próprio pai, e isso me assusta. Imploro a ele que faça a barba. Não tenho como saber que a aparência de juventude poderá de fato salvar vidas quando chegarmos ao fim desta jornada, é apenas uma garota sentindo falta do pai que conhece, desejando que ele seja novamente o bon vivant, o galanteador. Não quero que ele se torne o pai com o pacote de comprimidos que murmura "Isso é pior do que a morte" para sua família.

Mas quando dou um beijo no rosto do meu pai e peço isso, ele me responde com raiva: "Para quê? Para quê?" Fico envergonhada por ter dito a coisa errada e o irritado. Por que falei isso? Por que julguei ser meu dever dizer ao meu pai o que fazer? Então me lembro de sua raiva no dia em que perdi o dinheiro da escola. Me recosto na minha mãe em busca de conforto. Queria que eles se aproximassem, em vez de ficarem sentados como dois desconhecidos. Minha mãe não fala muito, mas também não reclama. Ela não deseja estar morta. Está apenas voltada para dentro de si mesma.

– Dicuka – chama ela na escuridão, certa noite –, preste bem atenção: não sabemos para onde estamos indo. Não sabemos o que vai acontecer. Apenas lembre que ninguém pode tirar de você aquilo que você leva dentro da sua mente.
Sonho com Eric mais uma vez. Volto a despertar.

―――

As portas são abertas e o sol forte de maio entra com força no vagão de gado. Estamos desesperados para sair. Corremos em direção ao ar e à luz. Praticamente desabamos para fora, colidindo uns contra os outros na pressa de descer. Depois de vários dias de movimento incessante do trem, é difícil ficar de pé em terra firme. Estamos tentando nos orientar em vários sentidos: entender nossa localização, acalmar os nervos e estabilizar as pernas. Vejo um amontoado de casacos escuros de inverno em uma estreita faixa de terra. Vejo a brancura de um lenço ou uma trouxa de pertences, o amarelo das estrelas obrigatórias. Vejo o letreiro dizendo ARBEIT MACHT FREI. "O trabalho liberta". Uma música toca. Meu pai fica subitamente animado.
– Veja, não pode ser um lugar tão terrível – diz. Ele parece capaz de sair dançando se a plataforma não estivesse tão cheia de gente. – Vamos trabalhar um pouco, até a guerra acabar.
Os boatos que ouvimos na fábrica de tijolos devem ser verdadeiros, provavelmente fomos trazidos para trabalhar. Procuro o movimento ondulante dos campos das redondezas e imagino o corpo esguio de Eric à minha frente, curvado, trabalhando numa plantação. Mas o que vejo são apenas linhas horizontais ininterruptas: as tábuas dos vagões de gado, a cerca de arame infinita, construções baixas. Ao longe, algumas árvores e chaminés interrompem a planície deste lugar desolado.
Homens uniformizados nos empurram. Ninguém explica

nada, só sabem ladrar ordens concisas. *Venham para cá. Vão para lá.* Os nazistas apontam e empurram. Os homens são conduzidos para uma fila separada. Vejo meu pai acenar para nós. Talvez estejam sendo enviados à frente para providenciar um espaço para suas famílias. Eu me pergunto onde vamos dormir esta noite. Quando vamos comer. Minha mãe, Magda e eu ficamos juntas em uma longa fila de mulheres e crianças. Avançamos devagar, nos aproximando do homem que, com um gesto de maestro, decidirá nosso destino. Ainda não sei que esse homem é o Dr. Josef Mengele, o infame Anjo da Morte. Enquanto avançamos em sua direção, não consigo desviar o olhar de seus olhos, tão dominadores, tão frios. Vejo de relance que quando ele sorri aparecem dentes separados, o que lhe dá um ar juvenil. Sua voz é quase gentil quando pergunta se alguém está doente e manda aqueles que dizem sim para a fila da esquerda.

– Quem tem mais de 14 anos e menos de 40 vem para esta fila – diz outro oficial. – Mais de 40, vá para a esquerda.

Uma longa fila de idosos, crianças e mães segurando bebês se desvia para a esquerda.

Minha mãe me dá o braço.

– Abotoe o casaco – diz ela. – Fique ereta.

Minha mãe tem cabelo grisalho, todo grisalho, um grisalho precoce, mas seu rosto é tão liso quanto o meu. Magda e eu apertamos nossa mãe entre nós. Meu cabelo está preso sob um lenço.

Minha mãe ralha comigo novamente, me mandando ficar ereta.

– Você é uma mulher, não uma criança – diz ela.

Mas não quero soltar a mão dela. A fila anda. O Dr. Mengele aponta. Chegou nossa vez.

– Ela é sua mãe ou irmã? – pergunta ele, o dedo erguido no ar pronto para sinalizar nosso destino.

Agarro a mão da minha mãe. Magda abraça o outro lado dela.

Minha mãe poderia passar por minha irmã. Mas não consigo pensar qual palavra será capaz de protegê-la, se "mãe" ou "irmã". Não penso nada.
– Mãe – respondo.
O Dr. Mengele indica a esquerda para minha mãe. Começo a segui-la, mas ele segura meu ombro.
– Você vai ver sua mãe muito em breve. Ela só vai tomar um banho – diz ele, e empurra Magda e eu para a direita.
Não sabemos o que significa ir para a esquerda ou a direita.
– Para onde estamos indo? – perguntamos uma à outra. – O que vai acontecer conosco?
Somos levadas para uma parte diferente do campo árido. Estamos cercadas apenas por mulheres, em sua maioria jovens. Algumas parecem radiantes, quase eufóricas, felizes por respirar ar puro e sentir o sol na pele depois do fedor incessante e da escuridão claustrofóbica do trem. Outras estão apreensivas. O medo circula entre nós, mas também há curiosidade.
Paramos em frente a prédios baixos. Mulheres em vestidos listrados nos cercam. Logo descobrimos que elas são as prisioneiras encarregadas de vigiar as outras, mas ainda não sabemos que somos prisioneiras aqui. Como faz sol, desabotoo o casaco, e uma das mulheres de vestido listrado olha para meu vestido de seda azul. Ela vem em minha direção, a cabeça inclinada.
– Olha só para você... – diz ela em polonês.
A mulher chuta terra em meus sapatos. Antes que eu entenda o que está acontecendo, ela alcança os pequenos brincos de coral incrustados em ouro que, seguindo o costume húngaro, estão em minhas orelhas desde o nascimento. Sinto uma dor aguda quando ela dá um puxão. A mulher coloca os brincos no bolso.
Apesar da dor física, sinto um desejo desesperado de que ela goste de mim. Como sempre, quero ser aceita. Seu sorriso de desdém dói mais que minhas orelhas rasgadas.

– Por que você fez isso? – pergunto. – Era só pedir.

– Eu estava apodrecendo aqui enquanto você estava livre, indo à escola, ao teatro.

Há quanto tempo será que ela está aqui? É uma mulher magra, mas robusta. Tem a postura ereta. Poderia ser dançarina. Não entendo por que ela fica tão zangada por eu tê-la lembrado da vida normal.

– Quando vou ver minha mãe? – pergunto a ela. – Me disseram que eu a veria logo.

A mulher me dá um olhar frio e penetrante. Não há empatia em sua expressão. Não há nada além de raiva. Ela aponta para a fumaça subindo de uma das chaminés ao longe.

– Sua mãe está queimando lá dentro – diz. – É melhor começar a falar dela no passado.

6
Dançando no inferno

Magda fica olhando a chaminé no alto da construção em que nossa mãe entrou. "A alma nunca morre", diz ela. Minha irmã encontra palavras de conforto, mas estou em choque. Atordoada. Não consigo pensar nas coisas incompreensíveis que estão acontecendo, que já aconteceram. Não consigo imaginar minha mãe sendo consumida pelas chamas. Não consigo assimilar que ela se foi. E não posso perguntar por quê. Não posso sequer sentir a dor da perda. Não agora. Precisarei de toda a minha atenção para sobreviver ao próximo minuto, ao próximo instante. Vou sobreviver se minha irmã estiver presente. Vou sobreviver me apegando a ela como se eu fosse sua sombra.

    Somos conduzidas aos chuveiros. Nossos cabelos são roubados. Ficamos de pé do lado de fora, tosquiadas e nuas, esperando os uniformes. As zombarias das *kapos* e dos oficiais da SS nos atingem como flechas que arranham nossa pele nua e molhada. E pior do que as palavras são os olhares. Tenho certeza de que o nojo com que nos encaram poderia rasgar minha pele, quebrar minhas costelas. O ódio deles é ao mesmo tempo possessivo e desdenhoso, e me causa enjoo. Uma vez pensei que Eric seria o primeiro homem a me ver nua. Agora ele nunca verá meu corpo sem as marcas desse ódio. Será que já fui transformada em algo sub-humano? Será que algum dia voltarei a parecer quem eu era? *Nunca esquecerei seus olhos, suas mãos.* Tenho que manter o controle, se não por mim, que seja por Eric.

Eu me viro para minha irmã, que recaiu num silêncio de choque mas conseguiu permanecer ao meu lado em toda corrida caótica de um lugar para outro, em toda fila gigantesca. Ela estremece de frio no clima do entardecer. Segura nas mãos as mechas cortadas do cabelo arruinado. Estamos nuas há horas, e ela agarra o cabelo como se assim pudesse se preservar, preservar sua humanidade. Estamos tão próximas que quase nos tocamos, mas mesmo assim sinto saudade dela. De Magda. Da garota confiante, sexy, sempre com uma piada pronta. Por onde ela anda? Ela parece estar se fazendo a mesma pergunta. Busca a si mesma nessas mechas de cabelo.

As contradições deste lugar me desestabilizam. Como acabamos de descobrir, o assassinato é organizado por aqui. Sistemático. A distribuição dos uniformes, no entanto, é desorganizada. Esperamos o dia todo. Os guardas são cruéis e rígidos, mas parece que ninguém está no comando. O escrutínio que fazem de nosso corpo não sinaliza nosso valor, apenas indica que fomos esquecidas pelo mundo. Nada faz sentido, mas tudo isso – a espera interminável, a completa ausência de razão – deve ser intencional. Como posso me manter firme em um lugar em que a única estabilidade está nas cercas, na morte, na humilhação, na fumaça que nunca para de subir?

Magda finalmente fala comigo:
- Como estou? Diga a verdade.
A verdade? Está parecendo um cão sarnento. Uma estranha, nua. Não posso dizer isso, é claro, mas qualquer mentira doeria demais, por isso preciso encontrar uma resposta impossível, uma verdade que não machuque. Então me lembro de Maria, de *Por quem os sinos dobram*, no seu jeito charmoso de passar os dedos pelos fios curtos do cabelo. Mais seis meses e voltará a crescer, disse ela a Roberto. Olho para o azul intenso dos olhos da minha irmã e penso que o simples fato de ela fazer essa pergunta é a coisa mais corajosa que já ouvi. Não há espelhos por aqui. Ela está me pedindo para ajudá-la a encontrar e encarar a si mesma, por isso digo a única verdade possível.
- Seus olhos são lindos. Eu nunca tinha notado, com todo aquele cabelo.
É a primeira vez que percebo que temos uma escolha: prestar atenção no que perdemos ou no que ainda temos.
- Obrigada - sussurra Magda.
As outras coisas que quero perguntar a ela, dizer a ela, parecem melhor sem palavras. Palavras não podem dar forma a essa nova realidade. Ao casaco cinza do ombro da minha mãe enquanto me recosto nela e o trem segue seu caminho, sem parar. Ao rosto sombrio do meu pai. À impossibilidade de recuperar aquelas horas de escuridão e fome. À transformação de meus pais em fumaça. Meu pai, minha mãe. Devo presumir que ele também foi morto. Estou prestes a reunir coragem para perguntar a Magda se ousamos ter a esperança de não termos nos tornado completamente órfãs em apenas um dia, mas vejo que ela deixou o cabelo escapar entre os dedos, cair no chão de terra.
Eles trazem os uniformes: vestidos cinza, mal cortados, ásperos, feitos de algodão e lã. O céu está escurecendo. Somos conduzidas a barracões sombrios, onde dormiremos em beliches,

seis garotas e mulheres em cada estrado. É um alívio entrar no aposento feio, não ver mais a chaminé que não para de cuspir fumaça. A *kapo* que roubou meus brincos nos designa camas e explica as regras. Ninguém tem permissão para sair à noite. Há o balde – nosso banheiro noturno. Com nossas companheiras de beliche, Magda e eu tentamos nos deitar no estrado do alto. Descobrimos que há mais espaço se alternarmos cabeças e pés, mas mesmo assim ninguém consegue se virar ou se ajeitar sem deslocar outra pessoa. Desenvolvemos um sistema para girar juntas. A *kapo* distribui tigelas para as novas prisioneiras, uma para cada. "Não percam", avisa. "Quem não tiver tigela não come." Enquanto escurece dentro do alojamento, esperamos a próxima ordem. Identifico algumas conhecidas de Kassa, embora estejam quase irreconhecíveis. Meninas que frequentaram minha escola primária judaica. Eu me lembro dos nomes delas. Lily. Marta. Vejo até uma ex-professora minha, dessa mesma escola. Mas não nos falamos. Esperamos instruções. Imaginamos o que nos vai acontecer. Será que receberemos comida? Será que vão nos mandar dormir? Uma música soa em algum lugar, sons de instrumentos de sopro e de cordas. Concluo que deve ser minha imaginação, mas uma prisioneira explica que há uma orquestra no campo, liderada por uma violinista de renome mundial. *Klara!*, penso. Mas a violinista que ela menciona é vienense.

    Ouvimos conversas entrecortadas em alemão lá fora. A *kapo* se empertiga quando a porta é aberta ruidosamente. Reconheço o oficial uniformizado da fila de seleção. Sei que é ele pelo sorriso de lábios entreabertos, revelando o espaço entre os dentes da frente. Dr. Mengele, ficamos sabendo. Um assassino refinado e um amante das artes. Ele passeia entre os barracões à noite, procurando prisioneiras talentosas para entretê-lo. Esta noite ele entra com seu séquito de assistentes e lança seu olhar como uma rede sobre as recém-chegadas, com nossos vestidos folgados e nosso cabelo mal aparado. Ficamos imóveis, apoiadas nos beliches de madeira. Ele nos avalia. Magda toca de leve minha mão. Dr. Mengele grita uma pergunta, e antes que eu entenda o que está acontecendo as garotas mais próximas de mim, que sabem que eu era bailarina e ginasta em Kassa, me empurram para a frente, para perto do Anjo da Morte.

Ele me observa. Não sei onde colocar os olhos, então encaro a porta aberta. A orquestra está de prontidão logo ali fora, em silêncio, aguardando ordens. Sinto-me como Salomé, obrigada a dançar para seu padrasto, Herodes, levantando véu após véu para expor sua carne. A dança lhe confere ou lhe retira o poder?

– Pequena dançarina – diz o Dr. Mengele –, dance para mim.

Ele manda os músicos começarem a tocar. O trecho familiar da abertura da valsa "Danúbio azul" flui no interior daquele espaço escuro e abafado. Mengele me encara com olhos esbugalhados. Tenho sorte: conheço uma coreografia para "Danúbio azul" que conseguiria dançar até dormindo. Mas meus membros estão pesados, como em um pesadelo, quando não conseguimos nos mexer diante do perigo.

– Dance! – ordena ele.

Sinto meu corpo entrar em movimento.

Primeiro o *grand battement*. Depois, a pirueta e a volta. Os espacates. Subir. Enquanto vou para a frente e para trás, me curvo e giro, ouço Mengele conversando com seu assistente. Ele continua a tratar de assuntos do campo enquanto me observa. Ouço sua voz acima da música. Ele discute com o outro oficial quais garotas, entre a centena aqui presente, serão mortas a seguir. Se eu der um passo em falso, se fizer qualquer coisa que o desagrade, posso estar entre elas. Eu danço. Danço. Estou dançando no inferno. Não suporto ver meu carrasco decidir o destino de todas nós, então fecho os olhos.

Ouço a voz do meu professor de balé daquele mundo distante

anterior aos barracões, às chaminés e a Mengele. "Todo o seu êxtase na vida virá de dentro de você." Nunca entendi o que ele quis dizer com isso, mas agora essas palavras me vêm à mente. Foco na coreografia, nos meus anos de prática – cada linha e curva do meu corpo como uma sílaba em verso, meu corpo contando uma história:

    Uma jovem chega a um baile. Ela rodopia, cheia de empolgação e expectativa. Então faz uma pausa para refletir e observar. O que acontecerá nas próximas horas? Quem ela encontrará na festa? Ela se vira em direção a uma fonte, os braços subindo e se abrindo para abraçar a cena. Curva-se para pegar flores e as joga, uma de cada vez, para seus admiradores e os outros convidados. Lança flores para as pessoas, distribuindo símbolos de amor.

    Os violinos se intensificam. Meu coração acelera. Na escuridão particular dentro de mim ouço minha mãe, como se ela estivesse ali, naquela desolação, sussurrando bem baixinho: *Apenas lembre-se, ninguém pode tirar de você o que você tem na sua mente.* Mengele, minhas companheiras esqueléticas, as desafiantes que sobreviverão, as que morrerão em breve, até minha amada irmã, todos desaparecem e o único mundo que existe é esse dentro da minha cabeça. A valsa terminou e agora ouço "Romeu e Julieta", de Tchaikóvski. O chão do barracão se torna o palco da Ópera de Budapeste. Danço para meus fãs na plateia. Danço sob o brilho dos holofotes. Danço para meu amor, Romeu, que me ergue bem alto. Danço por amor. Danço pela vida.

    Enquanto danço, um pensamento chocante me ocorre. Percebo que o Dr. Mengele, o assassino experiente que matou minha mãe essa manhã, é mais digno de pena do que eu. Estou livre em minha mente, o que ele nunca será. Terá que viver para sempre com o que fez. Ele é mais prisioneiro que eu. Enquanto encerro a coreografia com um último e gracioso espacate, rezo, mas não por mim. Rezo por ele. Rezo, para o bem dele, para que não sinta a necessidade de me matar.

Ele deve ter ficado impressionado com minha apresentação, porque me joga um pão inteiro – um gesto que, como se verá, mais tarde salvará minha vida. Nessa mesma noite, divido o pão com Magda e as outras garotas do nosso beliche. Sou grata por este pão. Sou grata por estar viva.

Nas minhas primeiras semanas em Auschwitz, aprendo as regras de sobrevivência. Se você rouba um pedaço de pão dos guardas, vira heroína, mas se rouba de uma prisioneira, você cai em desgraça e morre. A competição e a dominação não levam a lugar algum. Cooperação é o nome do jogo; sobreviver é transcender as próprias necessidades e se comprometer com alguém ou algo além de si mesma. Para mim, esse alguém é Magda e esse algo é a esperança de que Eric e eu nos veremos de novo um dia, quando eu estiver livre.

Acordamos às quatro da manhã para o *Appell*, a chamada, e congelamos na escuridão para a contagem e a recontagem antes de nos designarem para nossos postos de trabalho do dia. Os guardas dizem que quem não estiver bem pode ficar e será levada ao hospital, mas descobrimos que não há hospital. Quem fica para trás nunca mais é vista. Se não estiver se sentindo bem, finja que está. Ignore o frio, a fome, a dor, tudo que lhe faz mal. Fique de pé e seja contada. Marche para o trabalho.

Muitas vezes, a caminho do trabalho, vejo o Anjo da Morte conduzindo a fila de seleção, dando as boas-vindas às recém-chegadas. Eu o odeio. Ele matou minha mãe. Seu dedo sentencia à morte. Sua existência me enche de um medo paralisante. E no entanto ele me deixou viver. O mesmo homem que me causou a maior das perdas, que nos lança um medo diário e constante, também é responsável por eu estar viva hoje. Que estranho sentir gratidão misturada a raiva e pavor.

Na maior parte dos dias sou designada para trabalhar em um galpão chamado Canadá, onde somos obrigadas a separar os pertences das recém-chegadas. Às vezes Magda trabalha lá comigo, abrindo malas empoeiradas, tocando o material de centenas e milhares de vidas de desconhecidos. Roupas, fotografias, relíquias carregadas de valor afetivo, o prático e o sagrado misturados. Fico me perguntando onde estará nossa mala, aquela que minha mãe arrumou apressadamente quando fomos levados para a fábrica de tijolos. Fico me perguntando se a reconheceria se a visse hoje ou se os objetos em seu interior pareceriam restos de vidas de estranhos. De certa forma, aquelas pessoas que éramos semanas atrás se tornaram de fato estranhas. Não nos reconheceriam nem em um milhão de anos: nosso rosto afinado pela comida escassa e pelo medo constante. Meu pai está vivo? Não posso perguntar a Magda. Não consigo formular em palavras essa pergunta sem resposta.

Por mais horrível e estranho que seja vasculhar os restos de vidas interrompidas, o trabalho no Canadá é cobiçado. Ficamos em ambientes fechados, temos permissão para beber água ao longo do dia. Alguns dos guardas até são gentis, falam conosco como se fôssemos seres humanos e não uma escória imunda. Às vezes encontramos alimentos escondidos nas malas – queijo duro, pão velho. Comida estragada não serve para a Alemanha, então os guardas fingem não nos ver colher as migalhas deixadas por pessoas que talvez já estejam mortas.

Existem tarefas piores em Auschwitz. Alguns dias trabalhamos nos crematórios, removendo dentes de ouro e cabelo antes da cremação seguinte. Na primeira vez que nos mandam arrancar dentes de cadáveres, Lily vomita. Afago suas costas, limpo seu rosto com a barra do meu vestido.

– Vá para outro lugar em sua mente – digo a ela. – Não deixe que isso te contamine.

É assim que sobrevivemos, é assim que dançamos no inferno: usamos o dom da nossa mente. Quando estamos tristes, cantamos canções de amor francesas. Quando estamos com fome extrema, fazemos um banquete. Cozinhamos. Preparamos pratos elaborados, discutindo sobre quanto de páprica colocar no *paprikash* de frango húngaro ou como fazer o melhor bolo de sete camadas de chocolate. Enquanto limpamos, limpamos e limpamos os barracões, enquanto marchamos, enquanto colhemos malas e cadáveres, falamos como se estivéssemos indo ao mercado, planejando nosso cardápio semanal, pegando cada fruta e hortaliça para ver se estão maduras. Damos aulas de culinária umas para as outras. É assim que se faz *palacsinta*, um crepe húngaro. Qual a espessura da panqueca. Quanto de açúcar usar. Quanto de nozes. Você coloca cominho no seu *székely gulyás*? Você usa duas cebolas? Não, três. Não, somente uma e meia. Salivamos com nossos pratos imaginários, enquanto comemos nossa única refeição real do dia – sopa rala, um pedaço de pão dormido. E quando desabamos nos catres à noite e finalmente dormimos, sonhamos com comida também.

O relógio da aldeia soa às dez da manhã e meu pai entra furtivamente em nosso apartamento com um pacote do açougue do outro lado da rua. Hoje ele traz um pedaço de carne de porco embrulhado em jornal. "Dicuka, venha provar", chama ele. "Que exemplo você dá", resmunga minha mãe, "dando carne de porco à sua filha judia." Mas ela quase sorri. Está fazendo strudel, abrindo a massa folhada na mesa de jantar, depois a levantando e esticando com as mãos e soprando por baixo até que fique fina como papel.

O sabor dos pimentões e das cerejas no strudel da minha mãe, seus ovos recheados, a massa que ela cortava à mão, tão depressa que eu temia que perdesse um dedo; especialmente a *chalá*, nosso pão das noites de sexta-feira. Para minha mãe, cozinhar representava um processo de criação artística tanto quanto o prazer de saborear a refeição pronta. Nos barracões também somos artistas, sempre imersas na criação. O que criamos em nossa mente oferece seu próprio tipo de sustento.

Nossa imaginação floresce enquanto nosso corpo se deteriora. Paramos de menstruar. Marta diz que é a desnutrição, Magda acha que estamos sendo drogadas. Eu me lembro das manchas vermelhas na minha saia branca, do susto que levei com o tapa da minha mãe. Como essas surpresas parecem insignificantes agora... Não sei dizer se dói mais pensar na minha mãe ou não pensar, então penso em Eric. Vejo seu cabelo iluminado pelo sol, sinto suas mãos na minha cintura.

Uma noite acordo com cólicas abdominais e a necessidade urgente de ir ao banheiro. Não temos permissão de sair dos barracões à noite, mas tenho vergonha de me agachar sobre o balde no escuro. Tenho medo de que transborde. Não quero que Magda me veja, que se preocupe comigo achando que estou doente. Vou correndo em direção à latrina e por pouco não chego a tempo. Choro de alívio e de dor. Eu costumava ser forte. Fazia espacates, subia na corda até o teto. Será que algum dia serei aquela pessoa de novo? Ou meu corpo continuará a me trair com provas de que estou mudada, de que sou fraca, de que sou menos do que fui um dia?

Estou voltando para o barracão guiada apenas pela luz da lua quando uma voz áspera corta o silêncio.

– Parada! – É a *kapo* polonesa, a garota que arrancou meus brincos no dia em que chegamos. – Você violou as regras. Vai ser punida.

Ela me faz ficar de pé contra a parte externa dos barracões, as mãos na parede fria, e me agride nas costas com algum cinto ou

corda. Talvez seja uma guia de cachorro. A humilhação machuca mais que a dor física. Sou um nada para ela. Sou pior que um nada. Magda acorda quando volto para o beliche, as costas em chamas.
– Onde você estava, Dicu? – pergunta ela, preocupada.
– Em lugar nenhum.
Sinto como se fosse verdade. Uma fuga. Sou um nada em lugar nenhum.

Não conto a Magda o que a *kapo* fez, mas sinto que ela me observa mais atentamente nos dias seguintes. Nos dias em que somos designadas para trabalhos diferentes, chega a noite e ela se mostra ávida pelas minhas palavras, minha atenção. Se eu desaparecer, ela não vai aguentar. Eu me obrigo a me mostrar alegre, a separar um pedaço do pão duro servido todas as noites para dividir com ela pela manhã.

Algumas noites depois da surra, realizamos um concurso de beleza nos barracões antes de dormir. Quem dá a ideia é Esther. Ela é uma mulher casada, um pouco mais velha que Magda, que dorme no beliche ao lado do nosso. Lily e Marta participam, e Zsuzsi, a garota rica cuja família era dona dos pomares de cerejas onde minha mãe nos levava para colher as frutas no verão. Desfilamos em nosso vestido cinza disforme, nossa roupa de baixo encardida. Segundo um ditado húngaro, a beleza está toda nos ombros, e ninguém consegue fazer pose tão bem quanto Magda. Ela vence o concurso.

Ninguém tem vontade de dormir.

– Tenho uma ideia melhor de competição – diz Magda. – Quem tem os melhores peitos?

Tiramos a roupa no escuro e desfilamos com os peitos de fora. Há apenas alguns meses, eu estava treinando mais de cinco horas por dia no estúdio. Pedia ao meu pai para bater na minha barriga para sentir como eu era forte. Conseguia até carregá-lo. Agora estou de pé com o torso nu, congelando. Eu me obrigo a desfilar no escuro como uma modelo. Lily e Marta seguem meu exemplo. Andamos rebolando, nos dedicamos à performance, a essa charada de amar o próprio corpo.

Quando as garotas me declaram vencedora, sinto um orgulho real. Por um momento me sinto bonita. Valiosa.

– Minha irmã famosa – diz Magda, antes de adormecermos.

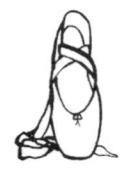

7
Corpos azuis

O tempo parece disforme em um campo de extermínio. Os dias: incontáveis e indistintos. Perspectiva: sombria. As horas avançam, mas nada muda. *Appell.* Trabalho. Sopa. Fumaça. Semanas e meses se passam, o clima esfria. Recebemos casacos velhos. Os guardas simplesmente jogam qualquer agasalho para nós, sem se importar com o tamanho. Cabe a cada uma encontrar o que serve melhor e lutar por ele. Magda tem sorte: jogam para ela um casaco grosso e quente, longo e pesado, com botões até o pescoço. Tão quente, tão cobiçado. Mas ela o troca no mesmo instante, escolhe uma coisinha fina, que mal chega aos joelhos, deixa boa parte do peito exposto. A raiva me sobe. Onde ela está com a cabeça? Não quer sobreviver? Não sou motivo suficiente para que ela sobreviva? No entanto, ao observar Magda desfilar e se exibir em seu novo casaco, percebo que, para ela, vestir algo bonito é um recurso de sobrevivência mais forte do que se manter aquecida. Sentir-se atraente lhe traz bem-estar, dignidade, algo mais valioso para ela que o conforto físico.

Observo minhas companheiras de prisão. Vejo quantas conseguem, como Magda, criar um mundo interior, um abrigo, mesmo de olhos abertos. Uma garota do nosso barracão conseguiu, não sei como, guardar uma foto de si mesma antes de ser trazida para cá, ainda de cabelo comprido. Não sei onde ela guarda a foto, mas às vezes eu a vejo segurando-a e olhando para a própria imagem, como se esse artefato de sua vida anterior pudesse lembrá-la de quem ela realmente é, garantir-lhe que aquela pessoa ainda existe.

Outra garota encontra um caco de espelho na latrina. Talvez tenha sido surrupiado do Canadá e deixado onde outras pudessem usá-lo. A garota que o achou segura o espelhinho diante do rosto, fala com seu reflexo, inclinando a cabeça, transformando-se, transportando-se. Ela é Maria Antonieta, chegando à corte francesa, assumindo seu destino como a próxima e última rainha da França. É encenação. E é esperança.

Então percebo que eu também posso fantasiar, que posso sonhar sem limites. As fantasias coletivas – os pratos, os banquetes, os festins – nos sustentam. As particulares também. Minhas fantasias sempre envolvem Eric. Estou sentada em um café ao ar livre em Košice, após a guerra. Meu cabelo já cresceu. Uso um vestido de seda verde e sapatos de salto e tiras nos tornozelos. Estou tomando café e lendo um livro de filosofia, imersa em pensamentos profundos.

– Editke – chama uma voz, me arrancando da imaginação e me trazendo para o sol quentinho, para o mundo luminoso.

Sinto algo em meu corpo antes mesmo de a visão me confirmar quem é. Uma agitação que me chama a me levantar, a me aproximar do homem que disse meu nome com tanta ternura e consideração. Com tanto amor. Estou em seus braços. Ele me levanta do chão. Enterro meu rosto em seu pescoço. Ele me coloca no chão e segura meu rosto entre as mãos.

– Conseguimos – diz ele, com lágrimas de felicidade em seus olhos verdes.

Então, um beijo. Tão quente, tão amoroso e apaixonado, suas mãos nas minhas costas, meu corpo derretendo em seus braços.

Rimos quando percebemos que ainda estou com o livro na mão, marcando a página com o dedo. Ele pega o livro e o fecha.

– Venha comigo para minha casa – diz ele.

Nada pode nos impedir de ficarmos juntos agora. De mãos dadas, caminhamos pela praça cortada pela avenida principal. Ouço os pássaros cantando e crianças brincando. Minha fantasia nos leva à porta do prédio dele, onde subo as escadas para seu apartamento claro e arejado, até o sofá da sala, onde ele me puxa para seu colo. Minha fantasia chega a nos levar até o quarto dele.

Mas então fico sem ideias. O que acontece em um quarto? Beijos e nudez, mas o que mais? Há tantas coisas que posso fazer com meu corpo, mas as posturas e a coreografia do amor estão além da minha imaginação. Preciso de informações.

Esther, a jovem que dorme no beliche ao lado do meu, era casada antes da guerra. Eu a pressiono, pedindo detalhes, mas meu vocabulário é escasso.

– Como é? – pergunto a ela uma noite. – Como é pertencer a um homem?

– Você quer saber do casamento ou de sexo?

Sei que Magda e as outras garotas devem estar ouvindo.

– Do casamento – digo.

Mas na verdade me refiro às duas coisas.
Alguém dá uma risadinha no escuro.
– Sexo – diz outra. – Fale para a gente de sexo.
– Bem – diz Esther, sua voz baixando para um sussurro rouco –, o corpo de um homem é diferente do nosso. Ele tem uma parte que fica pendurada entre as pernas. Quando ele está com desejo, essa parte endurece e ele coloca isso dentro da mulher.
Uma garota faz um gemido de brincadeira.
Fico irritada. Para mim, isso não é piada. Preciso de detalhes para alimentar a esperança, para sonhar com um futuro em que o medo e a fome terminam e o amor vive.
– O lugar onde ele coloca... é o mesmo lugar que se abre para o bebê sair?
– É.
Todo o barracão cai na gargalhada. Eu não me deixo abalar.
– E é bom? – pergunto.
– Ah, sim – diz ela. – É como...
Ela fica em silêncio por alguns instantes, talvez procurando a palavra certa, ou talvez perdida em suas fantasias.
Chego a ficar sem fôlego, esperando que ela continue.
– Não há sensação melhor – diz ela, por fim. – E depois é tão bom adormecer no peito dele...
Em seu suspiro ouço o eco de algo belo, intocado pela perda. Vejo o casamento não como meus pais o viveram, mas como algo luminoso. Sinto que pode haver paixão, prazer e pertencimento diário. Amor, amor completo.
Na minha mente, posso ter tudo isso.

Eu me esforço ao máximo para dirigir minha mente para a esperança, mas a vida real interfere. Em Auschwitz, somos enviadas para os chuveiros todos os dias, e cada banho é repleto de incerteza. Nunca sabemos se da torneira sairá água ou gás. Certo dia, quando sinto a água caindo, solto um suspiro de alívio. Espalho o sabão gorduroso sobre meu corpo. Ainda não estou pele e osso. Aqui, na quietude que se segue ao medo, consigo reconhecer a mim mesma. Meus braços, minhas coxas e minha barriga ainda estão firmes, meus músculos fortes do balé. Eu me entrego a uma fantasia com Eric. Agora somos universitários em Budapeste. Vamos para um café, com nossos livros, para estudar. Os olhos dele deixam a página e percorrem meu rosto. Passam sobre meus olhos e lábios. Assim que imagino levantar o rosto para receber seu beijo, percebo que o banheiro ficou silencioso. Sinto um frio na barriga. O homem que mais temo entre todos está à porta. O Anjo da Morte olha diretamente para mim. Eu encaro o chão, esperando que as outras voltem a respirar para que eu saiba que ele se foi. Mas ele não vai embora.

– Você! – chama ele. – Minha pequena bailarina.

Tento ouvir a voz de Eric mais alta que a de Mengele. *Nunca esquecerei seus olhos. Nunca esquecerei suas mãos.*

– Venha – ordena ele.

Eu o sigo. O que mais posso fazer? Caminho em direção aos botões de seu casaco, evitando os olhares das minhas companheiras de prisão, porque não suporto a ideia de ver meu medo refletido neles. *Respire, respire,* digo a mim mesma. Ele me leva, nua e molhada, por um corredor e até um escritório com uma mesa e uma cadeira. A água escorre do meu corpo para o piso frio. Ele se apoia na mesa e me examina demoradamente. Estou apavorada demais para pensar, mas pequenas correntes de impulso percorrem meu corpo como reflexos. Vontade de dar um chute nele. Um *grand battement* na cara. Cair no chão, encolhida como uma bola, e aguentar firme. Seja o que for que ele pretenda fazer comigo, torço para que acabe logo.

– Chegue mais perto – diz ele.

Eu obedeço encarando-o, mas não o vejo. Foco apenas na parte viva de mim, o *eu consigo, eu consigo.* Sinto a presença dele à medida que me aproximo. Um cheiro de mentol. Um gosto metálico na língua. Enquanto eu tremer, sei que estou viva. Os dedos dele se ocupam com os botões. *Eu consigo, eu consigo.* Penso em minha mãe e em seu cabelo muito, muito longo. Ela o prendia no alto da cabeça e o soltava como uma cortina à noite. Estou nua com seu assassino, mas ele jamais poderá tirá-la de mim. Assim que estou perto o suficiente para que ele me toque, com dedos que estou determinada a não sentir, um telefone soa na outra sala. Ele se sobressalta de leve. Volta a abotoar o casaco.

– Não se mexa – ordena enquanto abre a porta.

Ele atende o telefone na sala ao lado, ouço sua voz neutra e áspera. Não é uma decisão, apenas corro. Só me lembro de estar ali e depois estar ao lado da minha irmã devorando a concha de sopa diária, com pedacinhos de casca de batata boiando no caldo ralo como se fossem casquinhas de feridas. O medo de que ele me encontre e me puna, que termine o que começou, que me escolha para a morte, nunca me abandona. Nunca vai embora. Não sei o que vai acontecer, mas até lá posso me manter viva por dentro. *Sobrevivi a este dia,* repito mentalmente. *Sobrevivi a este dia. Amanhã serei livre.*

Podemos escolher o que o horror nos ensina, decidimos até que ponto somos capazes de suportar o sofrimento. Existem muitas maneiras de morrer em Auschwitz. Fome, tiro, doença, gás, tortura – essas são as formas que os nazistas escolhem. Mas os prisioneiros também escolhem quando basta, quando estão cansados de uma vida que não é vida. Param de comer, se recusam a se levantar pela manhã, se enforcam, ingerem veneno, se jogam nas cercas eletrificadas. Às vezes, quando acordamos ou quando voltamos para o alojamento depois do trabalho, vemos pessoas queimando na cerca, dezenas de pessoas. Os guardas desligam a eletricidade e obrigam os prisioneiros a arrancar os corpos carbonizados do arame. Tento pensar que são pessoas que morreram em fuga. Que tomaram para si a única liberdade que podiam reivindicar. Mas esses cadáveres azulados me aterrorizam. Esse é o fim da linha, para onde a desesperança leva. É uma morte feia, um tormento. Observo Magda e as outras em busca de sinais de desespero.

Zsuzsi, a garota rica da nossa cidade, começa a se retrair. Isso acontece pouco a pouco, ao longo de vários dias, ou mais. Ela fala menos e seu olhar se torna opaco. Demora para cooperar com as tarefas de rotina do campo. Tenho que arrastá-la comigo, consumida pela sensação de que não posso deixá-la sozinha. Enquanto caminhamos para o Canadá, tento animá-la, mencionando a colheita de cerejas e a geleia agridoce que fazíamos com as frutas. Tento pensar em algo engraçado para dizer. Ela me olha com a expressão vazia.

Uma noite, durante o jantar, percebo que ela não toca na sopa.
– Deixa ela – diz Magda.
– Por quê? Você quer a sopa dela? – retruco.
Minha raiva me surpreende. Sei que fui longe demais e magoei minha irmã quando ela responde:
– Talvez você seja jovem demais, o bebê da família, para saber quando está sendo irritante, para saber quando é desnecessária.
Não consigo dormir essa noite. Tento pensar em alguma coisa que não seja fome, dor e medo. No dia seguinte, ao me levantar, me arrasto para a fila para o *Appell*, os pés e a cabeça pesados. Assim que lembro que não procurei Zsuzsi, vejo que uma forma escura corre em direção à cerca. É ela. Se eu correr até lá, atirarão

em mim. Se eu gritar seu nome, atirarão nela. Qualquer caminho leva à morte.

— Não olhe — sussurra Magda.

Mas não consigo. Meus olhos estão fixos em Zsuzsi quando ela atinge a cerca. É culpa minha. Eu estava absorvida demais na minha própria dor para ver como ela estava, quando acordamos. Sei que eu poderia ter feito ou dito alguma coisa, eu poderia ter feito alguma diferença.

— Dicu, ela já tinha se decidido — diz Magda aquela noite, no catre.

— Fui egoísta — digo. — Não pensei nela nem em mais ninguém.

— Se você acha que conseguiria fazê-la mudar de ideia, então você deve achar que é Deus.

Tento resistir à verdade das palavras dela, começo a construir minha argumentação para provar que sou culpada ou que Deus é culpado, mas minha irmã aperta minha mão.

— Vá dormir, Dicuka.

Fecho os olhos. Obrigo minha barriga e meu peito a obedecerem à respiração. Solto o ar. Mantenho o ritmo, e aos poucos sinto o sono me dominar.

— Se você está bem — diz Magda, num sussurro suave —, então eu estou bem.

Sinto seu calor ao meu lado. Penso em Eric. *Amanhã*, digo a mim mesma. Não um dia. Não talvez. *Amanhã*. A esperança cresce no meu peito, uma sensação ao engolir, uma doçura na garganta.

8
Uma cambalhota

O inverno de verdade chega, com neve e frio cortante, e nossos casacos não dão conta do vento gélido. Anna, uma garota do meu barracão, começa a tossir sem parar. Ela se revira no beliche à noite, engasgando e arfando. Todo dia ao acordar acho que vou encontrá-la morta em seu catre. Todo dia temo que seja traída pela tosse nas filas de seleção e enviada para a morte. Mas ela me surpreende. Consegue reunir forças todas as manhãs para trabalhar mais um dia e ainda mantém o brilho nos olhos cada vez que enfrenta o dedo em riste de Mengele na fila de seleção. À noite ela desaba na cama, respirando com dificuldade.

– Como você consegue? – pergunto a ela uma noite.

Talvez ela tenha uma oração, uma imagem que guarda na mente, algo que posso lhe lembrar se ela piorar, algo a que posso

vir a recorrer caso eu ou Magda cheguemos ao ponto de desespero irreversível.
– Ouvi dizer que seremos libertadas no Natal – diz ela.
Anna segue um meticuloso calendário mental, contando os dias e horas até a libertação, determinada a viver para ser livre. Parte de mim quer prepará-la para a decepção. O que ela sabe sobre as operações da guerra? Ela não tem um mapa com a movimentação das tropas dos Aliados. Construiu uma certeza a partir de um boato. No entanto, percebo que o Natal é o Eric dela, sua contagem regressiva é tão restauradora e necessária quanto meu reencontro imaginado.
– Amanhã – diz ela na véspera de Natal.
– Amanhã – digo.
Durante todo o dia de Natal ela faz pausas para prestar atenção, tenta escutar algo, olha para a linha mais distante da cerca, a respiração embaçando o ar ao redor de sua cabeça, um sorriso nos lábios rachados. Mas nossos libertadores não vêm. No dia seguinte, Anna está morta.

Certa manhã, logo depois do Natal, estamos em mais uma fila. O frio é intenso. Vamos ser tatuadas. Espero minha vez. Arregaço a manga. Estendo o braço. Reajo de forma automática, fazendo os movimentos exigidos de mim, com tanto frio e tanta fome que estou quase entorpecida. *Alguém sabe que estou aqui?* Há algum tempo, eu me fazia essa pergunta o tempo todo, e agora ela ressurge lentamente, como se atravessasse uma neblina densa. Não consigo me lembrar de como pensava antes. Quero me lembrar de Eric, mas se penso nele muito conscientemente, não consigo recriar seu rosto, então tenho que me enganar, me pegar desprevenida. *Cadê Magda?* – essa é a primeira pergunta que faço quando acordo, quando marchamos para o trabalho, antes de cairmos no sono. Olho ao redor rapidamente para confirmar que ela ainda está atrás de mim. Mesmo que nossos olhares não se encontrem, sei que ela também está preocupada comigo.

O funcionário com agulha e tinta está bem na minha frente agora. Ele agarra meu punho e começa a me picar, mas então me empurra para o lado.

– Não vou desperdiçar tinta com você – diz ele, e me joga para uma fila diferente.

– Esta fila é para a morte – diz a garota mais próxima de mim.
– Este é o fim.

Ela está toda cinza, parece coberta de poeira. Alguém à nossa frente na fila está rezando. Mesmo aqui, num lugar onde a ameaça de morte é constante, este momento me abala. De repente penso na diferença entre mortal e mortificante. Auschwitz é as duas coisas. As chaminés não param de soltar fumaça. Qualquer momento pode ser o último. Então por que se importar? Por que tentar uma saída? Mas se este momento, este exato momento, for o meu último na terra, tenho que desperdiçá-lo em resignação e derrota? Devo vivê-lo como se já tivesse morrido?

– A gente nunca sabe o que são as filas – digo à garota mais próxima.

E se o desconhecido despertasse nossa curiosidade em vez de nos atormentar de medo?

É então que vejo Magda. Ela foi selecionada para uma fila diferente. Se serei enviada para a morte, se serei enviada para algum trabalho, se serei enviada para outro campo, como começaram a fazer com outros... Nada importa, a não ser ficar com minha irmã e que ela fique comigo. Somos algumas das poucas prisioneiras que tiveram a sorte de não serem separadas de toda a sua família. Não é exagero dizer que vivo para minha irmã. Não é exagero dizer que minha irmã vive para mim.

O caos reina no pátio. Não sei o que as filas significam. Só sei que devo enfrentar o que me aguarda *com Magda*. Mesmo que seja a morte. Olho para o trecho de terra que nos separa, coberto por uma crosta de neve. Guardas nos cercam. Não tenho um plano. O tempo é lento e é rápido. Magda e eu nos entreolhamos. Vejo seus olhos azuis. Então estou em movimento. Estou dando cambalhotas, dando estrelas, mãos na terra, pés no céu, girando, girando. Um guarda me encara. Ele está de cabeça para cima, depois de cabeça para baixo. Espero uma bala a qualquer segundo. E eu não quero morrer, mas não consigo parar de girar, de novo e de novo. Ele não levanta a arma. Está surpreso demais para atirar em mim? Estou tonta demais para ver? Ele pisca para mim. Juro que eu o vejo piscar. *Tudo bem*, ele parece dizer, *desta vez você venceu.*

Durante os poucos segundos em que tenho toda a atenção do guarda, Magda atravessa o pátio para a minha fila. Voltamos a nos misturar à multidão de garotas esperando pelo que vai acontecer.

Somos conduzidas pelo pátio gelado em direção à plataforma de trem onde desembarcamos seis meses atrás, onde nos separamos de nosso pai, onde caminhamos com nossa mãe entre nós duas nos momentos finais de sua vida. Naquela ocasião, ouvia-se música; agora há silêncio, se desconsiderarmos o ruído do vento. A fúria constante do frio e a boca escancarada e suspirante da morte e do inverno já não me perturbam mais. Minha cabeça está cheia de perguntas e de medo, mas são pensamentos tão persistentes que não parecem mais pensamentos. A todo momento é quase o fim.

Estamos indo para um lugar onde vamos trabalhar até o

fim da guerra, nos disseram. Se pudéssemos ouvir apenas dois minutos de notícias, saberíamos que a própria guerra pode ser a próxima vítima. Enquanto estamos ali esperando para subir a estreita rampa para o vagão de gado, não temos como saber que estão se aproximando da Polônia: de um lado os russos, do outro os americanos. Os nazistas estão evacuando Auschwitz pouco a pouco. Os prisioneiros que ficaram e que conseguirem sobreviver mais um mês em Auschwitz, logo serão libertados.

Estamos sentadas na escuridão do vagão, esperando que o trem parta. Um soldado (integrante da Wehrmacht, o Exército alemão, não das forças SS do Partido Nazista) aparece na porta e nos diz em húngaro:

– Vocês precisam comer. Não importa o que façam, lembrem-se de comer, porque vocês podem ser libertadas, talvez em breve.

Ele quer nos dar esperança? Ou uma promessa falsa? Uma mentira? Este soldado é como os *nyilas* da fábrica de tijolos, que espalhavam boatos, uma voz de autoridade para silenciar nossa sabedoria interior. Quem lembraria a uma pessoa faminta que ela precisa comer?

Mas mesmo na escuridão do vagão de gado, em que seu rosto é iluminado apenas pelo brilho dos quilômetros de neve lá fora, percebo a gentileza em seus olhos. Como é estranho que a bondade pareça um truque de luz.

Perco a noção do tempo em que estamos em movimento. Durmo no ombro de Magda, e ela, no meu. Em determinado momento, acordo com a voz da minha irmã falando com alguém que não consigo distinguir no escuro. "Minha professora", explica ela. Aquela da fábrica de tijolos, cujo bebê chorava sem parar. Em Auschwitz, todas as mulheres com filhos pequenos foram para a câmara de gás assim que chegaram. O fato de ela ainda estar viva só pode significar uma coisa: o bebê morreu. O que é pior: ser a filha que perdeu a mãe ou a mãe que perdeu o filho?

Quando a porta se abre, estamos na Alemanha.

Não passamos de cem jovens mulheres. O alojamento parece uma colônia de férias para crianças, com beliches e uma cozinha onde, com poucas provisões, preparamos nossas refeições.

De manhã, somos enviadas para trabalhar em uma tecelagem. Usamos luvas de couro. Paramos as rodas das máquinas para evitar que os fios se embolem. Mesmo com as luvas, as rodas cortam nossas mãos. Magda se senta ao lado de sua ex-professora. Ela chora alto. Penso que é pela dor nas mãos, mas ela está chorando por Magda.

– Você precisa das suas mãos – lamenta ela. – Você toca piano. O que vai fazer sem suas mãos?

Ela é silenciada pela capataz alemã que supervisiona nosso trabalho.

– Vocês têm sorte de estarem trabalhando. Logo serão mortas.

À noite, na cozinha, preparamos nossa refeição sob o escrutínio de guardas.

– Escapamos da câmara de gás – diz Magda –, mas vamos morrer tecendo.

É engraçado, porque estamos *vivas*. Talvez não cheguemos a ver o fim da guerra, mas sobrevivemos a Auschwitz.

Estou descascando batatas. Acostumada demais com as rações ínfimas, não consigo desperdiçar nada de comida. Escondo as cascas na roupa de baixo e aproveito o momento em que os guardas estão em outro cômodo para colocá-las no forno. Ainda estão quentes demais quando as levamos ansiosamente à boca, com as mãos doloridas.

— Escapamos da câmara de gás, mas vamos morrer comendo casca de batata — diz alguém.

Rimos um riso que vem das profundezas, de um lugar dentro de nós que não sabíamos que ainda existia. Rimos, como fiz todas as semanas em Auschwitz quando éramos obrigadas a doar sangue para os soldados alemães feridos. Eu ficava lá com a agulha no braço e me divertia. *Boa sorte para vencer a guerra com meu sangue de bailarina pacifista*, eu pensava com meus botões. Não podia tirar a agulha do braço ou levaria um tiro. Não tinha condições de enfrentar meus opressores com uma arma ou com os punhos. Mas encontrava meu próprio poder. E existe poder no riso. A camaradagem e a leveza desse momento me lembram aquela noite em Auschwitz em que ganhei o concurso dos melhores peitos. Nossa conversa nos sustenta.

— Quem vem do melhor país? — pergunta uma garota chamada Hava.

Debatemos, cada uma exaltando as virtudes do próprio lar.

— Nenhum lugar supera a Iugoslávia — insiste Hava.

Mas essa é uma competição impossível de vencer. Lar não é mais um lugar, não é um país. É um sentimento, tão universal quanto específico. Se falarmos muito sobre ele, corremos o risco de que desapareça.

───

Depois de algumas semanas na tecelagem, os SS vêm nos buscar certa manhã, trazendo vestidos listrados para substituir os cinzas. Embarcamos em outro trem, mas desta vez somos obrigadas a viajar em cima dos vagões, com os uniformes listrados, como escudos humanos para desencorajar os britânicos de bombardear o trem. Estão transportando munição.

— De tecido para balas — diz alguém.

– Fomos promovidas – completa Magda.

O vento ali no alto é cruel, arrasador, mas pelo menos não sinto fome quando estou com tanto frio. Prefiro morrer de hipotermia ou por arma de fogo? Gás ou bala?

Acontece de repente. Mesmo com prisioneiras em cima dos trens, os britânicos enviam o silvo e o estrondo das bombas sobre nós. Fumaça. Gritos. O trem para, e eu pulo. Sou a primeira a descer. Subo correndo a encosta coberta de neve que abraça os trilhos, seguindo rumo a um grupo de árvores finas, onde paro para olhar em volta à procura da minha irmã e recuperar o fôlego. Magda não está entre as árvores. Não está correndo do trem. Bombas assobiam e explodem nos trilhos. Vejo uma pilha de corpos ao lado do trem. Magda.

Preciso escolher. Posso correr. Fugir para a floresta. Sobreviver do que conseguir coletar das plantas. A liberdade está a poucos passos. Mas se Magda estiver viva, quem lhe dará pão? E se ela tiver morrido? É um mero segundo, como o abrir e fechar de um obturador. *Clique*: floresta. *Clique*: trilhos. Desço a colina.

Encontro Magda numa vala, com uma garota morta no colo. É Hava. O sangue escorre do queixo da minha irmã. Em um vagão próximo, homens estão comendo. Também são prisioneiros, mas não como nós. Usam trajes civis, não uniformes. E têm comida. Prisioneiros políticos alemães, supomos. Sejam quem forem, são mais privilegiados do que nós. Estão comendo. Hava foi morta, minha irmã está viva e só consigo pensar em comida. A bela Magda está sangrando.

– Agora que temos a chance de pedir um pouco de comida, você está acabada demais para paquerar.

A raiva me poupa de sentir medo ou a dor às avessas do que quase aconteceu. Em vez de me alegrar, de agradecer por estarmos vivas, por termos sobrevivido a mais um momento fatal, fico furiosa com minha irmã. Fico furiosa com Deus, com o destino, mas direciono minha confusão e dor para o rosto ensanguentado da minha irmã.

Magda não responde à minha ofensa. Não limpa o sangue. Os guardas circulam ao nosso redor, gritando conosco, cutucando os corpos com as armas para verificar se aquelas que não estão se mexendo estão realmente mortas. Deixamos Hava na neve suja e nos juntamos às outras sobreviventes.

– Você poderia ter fugido.

Magda diz isso como se eu fosse uma idiota.

Em menos de uma hora, a munição é colocada em novos vagões e estamos novamente no alto do trem, em nossos uniformes listrados, o sangue já seco no queixo de Magda.

Somos prisioneiras e refugiadas. Há muito tempo perdemos a noção da data, do tempo. Magda é minha estrela-guia. Enquanto ela estiver por perto, tenho tudo de que preciso. Somos retiradas dos trens de munição certa manhã e caminhamos por muitos dias seguidos. A neve começa a derreter, dando lugar à grama morta. Caminhamos pelo que talvez tenham sido semanas. Bombas caem, às vezes bem perto de nós. Vemos cidades em chamas. Paramos em vilarejos alemães, às vezes indo para o sul, para o leste, sendo obrigadas a trabalhar em fábricas ao longo do caminho.

Contar prisioneiros é a obsessão dos guardas da SS. Eu mesma não conto quantas somos, talvez porque sei que a cada dia o número é menor. Não estamos em um campo de extermínio, mas podemos morrer de inúmeras maneiras. Nas valas na beira das estradas corre o sangue de pessoas que foram baleadas nas costas ou no peito – por tentarem fugir, por não conseguirem acompanhar o ritmo. As pernas de algumas garotas congelam, congelam completamente, e elas tombam como árvores abatidas.

Exaustão. Frio. Febre. Fome. Se os guardas não puxarem o gatilho, o próprio corpo se encarrega.
Passamos dias sem comida. Do topo de uma colina vemos uma fazenda, os galpões, a área do gado. Os SS pararam para fumar.
– Um minuto – diz Magda.
Ela corre em direção à fazenda, serpenteando por entre as árvores, torcendo para não ser vista pelos guardas.
Magda corre em zigue-zague em direção à cerca da horta. É muito cedo para vegetais de primavera, mas eu comeria até ração de animais. Comeria talos secos. Se um rato passa perto de onde dormimos, as garotas se jogam em cima dele. Para não chamar atenção para Magda com meu olhar, me viro para o outro lado. Quando volto a procurar por ela, não a vejo. Um tiro é disparado. E outro. Alguém a viu. Os guardas gritam conosco, fazem a contagem, armas em punho. Mais alguns tiros. Não há sinal de Magda. *Me ajude. Me ajude.* Percebo que estou rezando para minha mãe. Estou falando com ela como ela rezava para o retrato da própria mãe, que ficava sobre o piano. Mesmo em trabalho de parto ela fez isso, Magda me contou. Na noite em que nasci, Magda a ouviu gritar: "Mãe, me ajude!" Depois, Magda ouviu o choro do bebê (eu) e nossa mãe disse: "Você me ajudou." Invocar os mortos é meu direito de nascença. *Mãe, nos ajude*, eu rezo.
Vejo algo cinza passando entre as árvores. Magda está viva. Ela escapou das balas. E agora escapa da detecção. Só consigo voltar a respirar quando ela me alcança.
– Havia batatas – diz Magda. – Se aqueles desgraçados não tivessem começado a atirar, estaríamos comendo batatas agora.
Eu me imagino mordendo uma batata como se fosse uma maçã. Nem a limparia antes. Engoliria a terra junto.

Vamos trabalhar em uma fábrica de munições perto da fronteira tcheca. Estamos no mês de março, descobrimos. O alojamento em que dormimos parece um galpão. Certa manhã, não consigo me levantar. Estou ardendo em febre, tremendo e fraca.

– Levanta, Dicuka – diz Magda. – Você não pode ficar doente. Em Auschwitz, aquelas que não conseguiam trabalhar eram informadas de que seriam levadas para um hospital, mas nunca mais voltavam. Por que seria diferente agora? Aqui não há infraestrutura para a matança – não há tubulações, tijolos assentados com esse propósito –, mas uma única bala mata do mesmo jeito. Mesmo assim não consigo me levantar. Ouço minha própria voz divagando sobre nossos avós. Eles vão nos deixar matar aula e nos levar à padaria. Nossa mãe não pode tirar os doces de nós. Em algum lugar da minha mente sei que estou delirando, mas não consigo recobrar os sentidos. Magda me manda calar a boca e me cobre com um casaco – para me aquecer caso a febre baixe, ela diz, mas sei que é para me esconder.

– Não mexa um dedo – diz ela.

A fábrica fica perto, do outro lado de uma pequena ponte sobre um córrego. Fico deitada debaixo do casaco, fingindo não existir e prevendo o momento em que minha ausência será descoberta e um guarda virá me executar. Será que Magda vai ouvir o tiro mesmo em meio ao forte barulho das máquinas? Não sirvo para mais nada agora.

Mergulho em um sono delirante. Sonho com fogo. É um sonho familiar – tenho sonhado com calor há quase um ano, mas dessa vez, quando acordo, o cheiro de fumaça me sufoca. O galpão está pegando fogo? Tenho medo de ir até a porta, medo de não ter forças para chegar lá, medo de ser descoberta se conseguir me levantar. Então ouço as bombas. Zumbido e explosão. Como não acordei quando começou o ataque? Eu me arrasto para fora

do catre. Onde posso me proteger? Mesmo que eu conseguisse correr, para onde iria? Ouço gritos.
– A fábrica está pegando fogo! A fábrica está pegando fogo!
A distância que me separa da minha irmã me volta à consciência – me tornei especialista em medir o espaço. Quantas mãos há entre nós? Quantas pernas? Quantas cambalhotas? Agora há uma ponte. Água e madeira. E fogo. Vejo isso da entrada do galpão, aonde finalmente consegui chegar. Eu me apoio na moldura da porta. A ponte está em chamas e a fábrica foi engolida pela fumaça. Para qualquer um que tenha sobrevivido ao bombardeio, o caos é uma oportunidade. Uma chance de fugir. Imagino Magda pulando a janela e correndo para o mato, olhando para o céu através dos galhos das árvores, pronta para correr até o infinito se for preciso. Se ela fugir, eu me eximo da responsabilidade. Posso escorregar para o chão e nunca mais me levantar. Que alívio será. Como é grande a obrigação de existir. Deixo que minhas pernas se dobrem como tecido. Me entrego à queda. E lá está Magda, em um halo de chamas. Já morta. Antes de mim. Vou alcançá-la. Sinto o calor do fogo. Vou me juntar a ela. "Estou chegando!", grito. "Espere por mim!"

Não capto o momento em que ela deixa de ser um fantasma e volta a ser carne. De algum modo ela me faz entender: ela atravessou a ponte em chamas para voltar para mim.
– Idiota – digo. – Você poderia ter fugido.

Abril chega. A grama é uma explosão de verde nas colinas. A luz do dia se prolonga mais e mais. Crianças cospem em nós quando passamos pelas cercanias de uma cidade. Que triste que essas crianças tenham sido doutrinadas a nos odiar, penso.

– Sabe como vou me vingar? – diz Magda. – Vou matar uma mãe alemã. Um alemão matou minha mãe, eu mato uma mãe alemã.

Meu desejo é outro. Desejo que o garoto que cospe em nós um dia veja que não precisa odiar. Em minha fantasia de vingança, o garoto que agora nos xinga (*Judias imundas! Vermes!*) estende um buquê de rosas. "Agora eu sei que não há razão para odiar vocês. Nenhuma", diz ele. E nos abraçamos em absolvição mútua.

Não conto a Magda minha fantasia.

Um dia, ao anoitecer, os SS nos enfiam num salão comunitário onde vamos dormir essa noite. Mais uma vez, não há comida.

– Quem sair das instalações será baleada imediatamente – avisa o guarda.

Estamos nos deitando nas tábuas de madeira que serão nossa cama.

– Dicuka – diz Magda –, meu fim está chegando.

– Cala a boca – digo.

Ela está me assustando. Seu abatimento me aterroriza mais do que uma arma apontada para mim. Magda não é de falar assim. Magda não desiste. Talvez eu tenha sido um fardo para ela. Talvez o esforço de me manter forte durante minha doença a tenha esgotado.

– Você não vai morrer – digo. – Nós vamos comer esta noite.

– Ah, Dicuka... – diz ela, e se vira para a parede.

Vou mostrar a ela. Vou mostrar que há esperança. Vou conseguir um pouco de comida. Vou reanimá-la. Os SS estão reunidos perto da porta, enquanto a luz da tarde se esvai, para comer. Às vezes eles nos jogam um pedaço de comida apenas pelo prazer de ver nos humilharmos. Vou até eles de joelhos.

– Por favor, por favor – imploro.

Eles riem. Um soldado estende uma fatia de carne enlatada e eu me lanço para pegá-la, mas ele a coloca na boca e todos riem mais alto. Eles brincam comigo assim até eu ficar exausta. Magda está dormindo. Eu me recuso a desistir, a decepcioná-la. Quando eles interrompem o piquenique para ir ao banheiro ou fumar, eu escapo por uma porta lateral.

Sinto cheiro de esterco, flores de macieira e tabaco alemão. A grama está úmida e fresca. Do outro lado de um muro de estuque vejo uma horta: pequenas cabeças de alface, feijão em vagens, a folhagem verde e delicada das cenouras. Sinto o gosto das cenouras como se já as tivesse colhido, crocantes e terrosas. Escalar o muro não é difícil. Ralo um pouco os joelhos ao me erguer, e os pontinhos brilhantes de sangue são como ar fresco na minha pele, como algo bom que vem à tona. Estou eufórica. Agarro as folhas das cenouras e puxo. Quando a terra solta as raízes, o som é como o de uma costura se rasgando. Sinto o peso das cenouras nas mãos. Torrões de terra pendem das raízes. A própria terra tem o aroma de banquete – tal como as sementes, ela contém todas as coisas possíveis. Subo o muro novamente, a terra caindo nos meus joelhos. Imagino a cara de Magda quando morder o primeiro vegetal fresco que comemos em um ano. Fiz algo ousado que deu frutos. Isto é o que quero que Magda veja, mais do que uma refeição, mais do que nutrientes se dissolvendo em seu sangue: simplesmente, esperança. Salto para o chão.

Mas não estou sozinha. Um homem me encara. Ele segura uma arma. É um soldado da Wehrmacht. Pior que a arma são seus olhos, olhos punitivos. *Como ousa?*, é o que dizem. *Vou te ensinar a obedecer.* Ele me coloca de joelhos. Engatilha a arma e aponta para meu peito. *Por favor, por favor, por favor, por favor.* Rezo como fiz com Mengele. *Por favor, ajude-o a não me matar.* Estou tremendo. As cenouras batem na minha perna. Ele abaixa a arma por um breve segundo, depois a levanta novamente. *Clique. Clique.* Pior que o medo da morte é a sensação de estar presa e impotente, de não saber o que vai acontecer no próximo segundo. Ele então me puxa e me vira em direção ao prédio onde Magda dorme. Em seguida, com a coronha da arma, me empurra para dentro.

– Foi mijar – diz ele ao guarda lá dentro, e os dois riem grosseiramente.

Seguro as cenouras nas dobras do meu vestido.

Magda não acorda de imediato. Só quando coloco a cenoura na mão dela é que consigo fazê-la abrir os olhos. Ela come tão depressa que morde a parte interna da bochecha. Magda me agradece chorando.

─────

Os SS nos acordam aos gritos no dia seguinte. Hora de voltar a caminhar. Estou faminta e oca e penso que sonhei com as cenouras, mas Magda me mostra um punhado de folhas que ela guardou no bolso para depois. Estão murchas. São restos que em uma vida passada teríamos jogado fora ou dado aos animais, mas que agora parecem encantados, como o caldeirão de um conto de fadas que magicamente se enche de ouro. Os tufos amarronzados e murchos das cenouras são a prova de um poder secreto. Eu não deveria ter me arriscado tanto, mas me arrisquei. Não deveria ter sobrevivido, mas sobrevivi. Os "deveria" não são importantes. Não são o único tipo de controle. Há um princípio diferente, uma autoridade diferente em ação. Estamos esqueléticas. Estamos tão doentes e desnutridas que mal conseguimos ficar de pé, muito menos caminhar, muito menos trabalhar. E mesmo assim as cenouras fazem com que eu me sinta forte. *Se eu sobreviver hoje, amanhã estarei livre.* Repito esse mantra mentalmente.

Formamos fileiras para a contagem. Ainda estou repetindo

o meu mantra internamente. Justo quando estamos prestes a partir no frio da manhã para mais um dia de horrores, há uma comoção na porta. Um guarda da SS grita algo em alemão e outro homem responde também aos gritos, forçando a passagem para dentro do prédio. Prendo a respiração e agarro o cotovelo de Magda para não cair. É o homem que me flagrou. Ele olha em volta com um ar severo.

– Cadê a garota que desobedeceu as regras? – ele exige saber.

Estou tremendo. Não consigo acalmar meu corpo. Ele voltou para se vingar. Ele quer me castigar em público. Ou se sente obrigado a isso: alguém descobriu sua inexplicável condescendência comigo e agora ele precisa pagar pelo risco que *ele* correu. E precisa pagar pelo risco que correu me fazendo pagar pelo meu. Eu tremo, quase sem conseguir respirar de tanto medo. Estou encurralada. Sei que estou muito perto da morte.

– Cadê a pequena criminosa? – ele volta a perguntar.

Ele vai me reconhecer a qualquer momento. Ou vai ver as folhas de cenoura despontando do bolso do casaco de Magda. Não suporto o suspense, então me jogo no chão e rastejo até ele. Magda sussurra algo urgente para mim, mas é tarde demais. Estou agachada aos pés dele. Vejo o barro em suas botas, os veios da madeira no piso.

– Você – diz ele, com nojo.

Fecho os olhos. Já me preparo para levar um chute. Um tiro.

Algo pesado cai aos meus pés. Uma pedra? Ele vai me apedrejar para que eu sofra uma morte lenta?

Não. É pão. Um pequeno pão de centeio escuro.

– Você devia estar com muita fome para fazer o que fez – diz ele. Seus olhos são os do meu pai. Verdes. E cheios de alívio.

9
A escada da morte

Marchamos por dias ou semanas novamente. Desde Auschwitz, não saímos da Alemanha, mas um dia chegamos à fronteira austríaca. Esperamos para atravessar. Os guardas batem papo enquanto aguardamos nas intermináveis filas que se tornaram para mim a ilusão da ordem.

É um alívio ficar parada. Presto atenção na conversa dos guardas. Eles dizem que o presidente Roosevelt morreu e que Truman ficou encarregado de conduzir o restante da guerra. É estranho ouvir que houve mudanças no mundo além do nosso purgatório. Que um novo curso é determinado. Esses eventos ocorrem tão distantes da nossa existência diária que é um choque perceber que agora, neste exato momento, alguém está fazendo uma escolha que me diz respeito. Não especificamente

a mim; eu não tenho nome. Mas uma grande autoridade está tomando uma decisão que determinará o que vai acontecer comigo. Norte, sul, leste ou oeste? Alemanha ou Áustria? O que fazer com os judeus sobreviventes antes que a guerra termine?
— Quando a guerra acabar... — diz um guarda.
Ele não conclui o pensamento. Esse é o tipo de conversa sobre o futuro que Eric e eu costumávamos ter. *Depois da guerra...* Se eu me concentrar muito, será que consigo descobrir se ele ainda está vivo? Finjo que estou esperando do lado de fora de uma estação de trem onde comprarei uma passagem mas tenho apenas uma chance de descobrir a cidade onde vou encontrá-lo. Praga? Viena? Düsseldorf? Prešov? Paris? Levo a mão ao bolso, procurando meu passaporte por reflexo. *Eric, meu grande amor, estou a caminho.* Uma guarda na fronteira grita comigo e com Magda em alemão e nos manda ir para outra fila. Começo a obedecer. Magda continua parada. A mulher grita novamente. Magda não sai do lugar, não responde. Ela está delirando? Por que não vem comigo? A guarda grita na cara dela. Magda balança a cabeça.
— Não entendi — diz Magda para a guarda, em húngaro.
Claro que ela entendeu. Nós duas somos fluentes em alemão.
— Entendeu, sim! — grita a guarda.
— Não entendi — repete Magda.
Sua voz está completamente neutra. Seus ombros estão retos e erguidos. O que está havendo? Por que ela está fingindo? Não há nada a ganhar com essa atitude de desafio. Será que ela perdeu o juízo? As duas continuam o diálogo, só que Magda não discute. Apenas repete com indiferença e calma que não entendeu, que não entendeu. A guarda perde o controle. Ela bate no rosto de Magda com a coronha da arma. Bate em seus ombros. Bate até Magda cair. Então a guarda gesticula para mim e para outra garota, nos mandando arrastá-la.
Magda está machucada e tossindo, mas seus olhos brilham.

– Eu me recusei! – diz ela. – Eu me recusei.
Para ela, é uma surra maravilhosa. É a prova de seu poder. Ela se manteve firme enquanto a guarda perdeu o controle. A desobediência civil de Magda a faz se sentir no controle da própria vida, não uma vítima do destino.
Mas o poder que ela sente é de curta duração. Logo estamos caminhando novamente, em direção a um lugar pior do que qualquer um que já vimos.

Chegamos a Mauthausen. É um campo de concentração masculino em uma pedreira onde os prisioneiros são obrigados a cortar e carregar granito que será usado para construir a cidade dos sonhos de Hitler. Uma nova capital alemã, uma nova Berlim. Não vejo nada além de uma escada infinita e gente morta. Os degraus de pedra branca se estendem a perder de vista, como se pudessem nos levar até o céu. Os mortos estão por toda parte, amontoados. Corpos largados de qualquer jeito, como pedaços de uma cerca quebrada. Corpos tão esqueléticos, desfigurados e emaranhados que mal têm forma humana. Ficamos em fila na escadaria branca. A Escada da Morte, como é chamada. Presumimos que haverá outra seleção, que vai nos direcionar para a morte ou para mais trabalho. Correm boatos pela fila. Descobrimos que os prisioneiros de Mauthausen têm que subir correndo os 186 degraus carregando blocos de pedra de 50 quilos, desde a pedreira, lá embaixo. Imagino meus antepassados, os escravos do faraó no Egito, vergados sob o peso de pedras. Dizem que aqui, na Escada da Morte, quando você está subindo correndo com uma pedra e alguém na sua frente tropeça ou cai, você cai em seguida, e assim por diante, até que toda a fila desmorona. E se você sobrevive, é pior, pelo que ouvimos. Tem que ficar em pé, encostado numa parede à beira de um precipício. Chamam de *Fallschirmspringerwand* – a Parede dos Paraquedistas, em alemão. Sob a mira de uma arma, você escolhe: prefere ser morto ou empurrar o prisioneiro ao seu lado para o penhasco?

– Pode me empurrar – diz Magda. – Se chegarmos a esse ponto.

– A mim também – digo.

Preferiria ser jogada mil vezes a ver minha irmã sendo baleada. Fracas e famintas como estamos, jamais diríamos isso por cortesia. Dizemos por amor, mas também por autopreservação. Não me dê mais um fardo para carregar. Me deixe cair entre as pedras.

Peso menos, bem menos, do que os blocos de pedra que os prisioneiros carregam na Escada da Morte. Sou tão leve que poderia flutuar como uma folha ou uma pena. Cair, cair. Eu poderia cair agora mesmo. Poderia simplesmente cair para trás em vez de dar o próximo passo. Acho que estou vazia. Não há peso que me segure ao chão. Estou prestes a ceder a essa fantasia de leveza, de me livrar do fardo de estar viva, quando alguém à minha frente na fila me traz de volta à realidade.

– Lá está o crematório.

Olho para cima. Passamos tantos meses longe dos campos de extermínio que eu havia esquecido como as chaminés são altas. De certa forma, elas são reconfortantes. Sentir a proximidade da morte, a iminência da morte, numa coluna de tijolos, ver essa chaminé que é uma ponte, uma passagem da carne para o ar – considerar-se morto – faz algum sentido.

No entanto, enquanto aquela chaminé produzir fumaça, tenho algo a combater. Um propósito. "Seremos mortas pela manhã", anunciam os boatos. Sinto a resignação me puxando como a gravidade, uma força constante e incontornável.

A noite cai, dormimos nos degraus. Por que esperaram tanto para começar a seleção? Minha coragem vacila. *Seremos mortas pela manhã. Seremos mortas pela manhã.* Será que minha mãe sabia o que estava prestes a acontecer quando entrou na fila de crianças e idosos? Quando viu Magda e eu sendo encaminhadas para outra direção? Será que ela resistiu ou aceitou? Será que permaneceu alheia até o fim? Será que faz alguma diferença, na hora da partida, estar ciente de que se está morrendo? *Seremos mortas pela manhã. Pela manhã seremos mortas.* Ouço o rumor, a certeza, repetindo-se como um eco na rocha da pedreira. Será que realmente percorremos centenas de quilômetros apenas para virarmos fumaça?

Quero organizar minha mente. Não quero que meus últimos pensamentos sejam clichês nem frases desoladoras. *Qual o sentido? Por que tudo isso?* Não quero que meus últimos pensamentos sejam sobre os horrores que vimos. Quero me sentir viva. Quero saborear o que é estar viva. Penso na voz e na boca de Eric. Tento evocar pensamentos que talvez ainda tenham o poder de me fazer vibrar. *Nunca esquecerei seus olhos. Nunca esquecerei suas mãos.* É disso que quero me lembrar – do calor no peito, do rubor na pele –, ainda que "lembrar" não seja a palavra certa. Quero desfrutar do meu corpo enquanto ainda o tenho. Uma eternidade atrás, ainda em Kassa, minha mãe me proibiu de ler *Naná*, de Émile Zola, mas escondi o livro no banheiro e li em segredo. Se eu morrer amanhã, morrerei virgem. Por que tive um corpo se nunca o conheci por completo? Tanta coisa na minha vida foi um mistério. As manchas vermelhas na minha saia branca me assustando quando veio minha menstruação. Minha mãe me dando um tapa. Ninguém na minha vida anterior aos campos – minha mãe, minhas irmãs, professoras, treinadoras ou amigas – me explicou nada sobre minha anatomia. Agora, graças à conversa com Esther no alojamento naquela noite, sei que o corpo dos homens tem algo diferente. Nunca vi meu pai nu, mas sentia essa parte de Eric quando nos abraçávamos. Ele nunca me pediu para tocá-lo, nunca falou nada nesse sentido. Eu gostava da sensação de o corpo dele – e o meu – serem mistérios aguardando para serem descobertos, algo que fazia uma energia circular entre nós quando nos tocávamos.

Agora, eu jamais desvendaria esse mistério. Tinha conhecido as faíscas do desejo, mas nunca sentiria a realização, toda aquela chama luminosa prometida. Choro por isso ali, na Escada da Morte. É terrível ter perdido tudo e todos que eu conhecia: mãe, pai, irmã, namorado, país, lar. Por que também tenho que perder coisas que não conheço? Por que tenho que perder meu futuro? Meu potencial? Os filhos que nunca terei? O vestido de noiva que meu pai nunca fará? *Vou morrer virgem*. Não quero que esse seja meu último pensamento. Devo pensar em Deus.

Tento imaginar um poder imutável. Magda perdeu a fé, assim como muitas outras. "Não consigo acreditar em um Deus que permitiria isso", dizem. Eu entendo, mas sempre pensei que não é Deus quem está nos matando em câmaras de gás, em valas, em precipícios, em 186 degraus brancos. Não é Deus quem dirige os campos de extermínio. São os homens. Mas aqui está o horror de novo, e não quero ceder a ele. Imagino Deus como uma criança dançando. Vivaz, inocente e *curiosa*. Preciso ser assim se quiser estar perto de Deus agora. Quero manter viva até o fim a parte de mim que ainda sente assombro e maravilhamento. Imagino se alguém sabe que estou aqui, se alguém sabe o que está acontecendo, que existem lugares como Auschwitz e Mauthausen. Imagino se meus pais podem me ver agora. Se Eric pode me ver. Imagino como é um homem nu. Há homens ao meu redor, homens que não estão mais vivos. Não os ofenderia se eu olhasse. A pior transgressão seria renunciar à minha curiosidade, eu me convenço.

Deixo Magda dormindo na escada e engatinho até a encosta lamacenta onde os corpos estão empilhados. Não vou despir ninguém, não vou mexer nos mortos, mas se houver um homem caído, vou olhar.

Vejo um homem com o corpo retorcido. As pernas parecem não pertencer ao corpo, mas consigo discernir o ponto onde se unem. Vejo pelos como os meus, escuros e grossos, e um pequeno apêndice. É como um cogumelo, como algo delicado que brota da terra. Como é estranho que as partes das mulheres fiquem escondidas, para dentro, e as dos homens fiquem expostas, tão vulneráveis. Eu me dou por satisfeita. Não vou morrer desconhecendo a biologia que me criou.

⁓

Ao amanhecer, a fila começa a avançar. Não falamos muito. Algumas choramingam, outras rezam. A maioria, porém, guarda para si o medo, o arrependimento, a resignação ou o alívio. Não conto a Magda o que vi no corpo do homem ontem à noite. A fila em que estou avança depressa, não temos muito tempo. Tento me lembrar das constelações que eu gostava de tentar identificar no céu noturno. Tento me lembrar do sabor do pão da minha mãe.

– Dicuka – diz Magda, mas levo alguns instantes para reconhecer meu nome.

Chegamos ao topo da escadaria. O oficial encarregado da seleção está logo à frente. Todas nós estamos sendo enviadas na mesma direção, não é uma seleção. É um encaminhamento. É realmente o fim. Esperaram amanhecer para nos enviar para a morte. Devemos fazer promessas umas para as outras? Pedir desculpas? O que há para ser dito? Há cinco garotas à nossa frente agora. O que devo dizer à minha irmã? Duas.

Então a fila para. Somos levadas para um grupo de guardas da SS que aguarda junto a um portão.

– Se tentarem correr, vão levar bala! – gritam para nós. – Se ficarem para trás, vão levar bala.

Fomos poupadas de novo. Inexplicavelmente.

Retomamos a marcha.

―――

Esta é a Marcha da Morte, de Mauthausen a Gunskirchen. É a distância mais curta que somos forçadas a caminhar, mas estamos tão enfraquecidas que, de duas mil prisioneiras, apenas cem sobreviverão. Magda e eu nos agarramos uma à outra, determinadas a permanecer juntas, a permanecer de pé. A cada hora, centenas de garotas caem nas valas às margens da estrada. Incapazes de continuar por estarem fracas ou doentes demais, são mortas no local. Nosso grupo é como a cabeça de um dente-de-leão sendo soprada pelo vento, restando apenas alguns tufos brancos. Fome é meu único nome.

Tudo em mim é dor; todo o meu corpo é ausente. Não consigo dar nem mais um passo sequer. Estou tão consumida que não sinto mais meu corpo em movimento. Sou apenas um circuito de dor, uma sensação que se retroalimenta. Só noto que tropecei quando sinto os braços de Magda, Lily e Marta me levantando. Elas entrelaçaram os dedos, formando um apoio.

– Você dividiu seu pão – diz Lily.

As palavras não significam nada para mim. Quando foi que eu comi pão? Então uma lembrança surge: nossa primeira noite em Auschwitz. Mengele ordenando que tocassem música e me mandando dançar. Este corpo dançou. Esta mente sonhou com a Ópera de Budapeste. Este corpo comeu aquele pão. Eu sou aquela garota que naquela noite pensava e que volta a pensar agora: Mengele matou minha mãe, Mengele me deixou viver. Uma garota com quem dividi pão quase um ano atrás me reconheceu. Ela usa suas últimas forças para, junto com Magda e outras garotas, me levantar. De certa forma, Mengele permitiu que este momento acontecesse. Ele não matou nenhuma de nós naquela noite nem nas noites seguintes. Ele nos deu pão.

10
Escolher uma lâmina de grama

Sempre há um inferno pior. Essa é a nossa recompensa por sobreviver. Ao fim da longa caminhada, nos vemos em Gunskirchen Lager. É um subcampo de Mauthausen, algumas construções de madeira em uma floresta pantanosa perto de uma aldeia, um campo construído para comportar algumas centenas de pessoas escravizadas mas onde se amontoam dezoito mil. Não é um campo de extermínio. Não há câmaras de gás nem crematórios. Mas não há dúvida de que fomos trazidas até aqui para morrer.

Já é difícil dizer quem está vivo e quem está morto. Doenças passam por dentro e entre nossos corpos. Tifo. Disenteria. Piolhos. Feridas abertas. Carne sobre carne apodrecendo ainda em vida. A carcaça de um cavalo parcialmente devorada. Coma crua. Quem precisa de faca para cortar? Basta morder. Dormimos empilhadas, uma garota sobre outras três, nas estruturas de madeira abarrotadas ou direto no chão. Se alguém embaixo morrer, continue dormindo. Não há forças para arrastar os mortos. Uma garota está encurvada de fome. Outra tem o pé preto, apodrecido. Fomos amontoadas na floresta densa e úmida para sermos queimadas em uma grande fogueira, todas nós. O lugar está abarrotado de dinamite. Esperamos a grande explosão que nos consumirá em chamas. Até lá, há outros perigos: fome, febre, doenças. Há apenas uma latrina de vinte buracos para o campo inteiro. Se alguém não consegue se segurar até chegar sua vez de defecar, é morto ali mesmo, sobre os próprios dejetos. Montes de lixo queimam lentamente. A terra é um lamaçal, e se você consegue ter forças para andar, seus pés escorregam numa pasta que é uma mistura de lama com excrementos. Já faz cinco ou seis meses que deixamos Auschwitz.

Magda flerta. É sua reação ao chamado da morte. Ela conhece um francês, um cara de Paris, que antes da guerra morava na *Rue* de alguma coisa, um endereço que prometo a mim mesma nunca esquecer. Mesmo nas profundezas desse horror há química, pessoa a pessoa, aquele nó na garganta, aquele frisson. Fico vendo os dois conversarem como se estivessem num café ao sol, os pratinhos tilintando entre eles. Isso é o que os vivos fazem. Usamos esse pulso sagrado como uma pederneira contra o medo: não destrua seu espírito, inflame-o e use-o como uma tocha. Diga ao francês seu nome e guarde o endereço, saboreie-o, mastigue-o devagar como se fosse pão.

Depois de apenas alguns dias em Gunskirchen, não consigo mais andar. Sinto que cheguei ao fim das minhas forças. Estou deitada sob o ar pesado, meu corpo entrelaçado com os de desconhecidas, todas nós empilhadas, algumas já mortas, outras mortas há muito tempo, e algumas, como eu, praticamente mortas. Vejo coisas que sei que não são reais. Vejo tudo misturado com as coisas que são reais mas não deveriam ser. Minha mãe lê para mim. Scarlett chora: "Eu amei algo que na verdade não existe." Meu pai me joga um *petit four*. Klara começa o concerto para violino de Mendelssohn. Ela toca perto da janela para que um passante a note, olhe para ela, para chamar a atenção que deseja sem ter que pedir. Isso é o que os vivos fazem. Ajustamos as cordas para que elas vibrem conforme nossas necessidades.

Aqui no inferno, vejo um homem comer carne humana. Eu conseguiria fazer isso? Para preservar minha vida, eu conseguiria colocar minha boca na pele que ficou pendurada nos ossos de uma pessoa morta e mastigar? Vi a carne ser profanada com crueldade imperdoável. Um garoto amarrado a uma árvore enquanto os oficiais da SS atiravam em seu pé, sua mão, seus braços, uma orelha – uma criança inocente usada como alvo para a prática de tiro. Mas ver uma pessoa esfomeada comer a carne de um cadáver é o que faz a bile subir em mim, que faz minha visão escurecer. Eu não conseguiria. Mas preciso comer. Se não comer, vou morrer. Da lama pisoteada cresce a grama. Olho para as folhas. Vejo seus diferentes comprimentos e tons. Vou comer grama. Vou escolher esta folha de grama em vez daquela. Vou ocupar minha mente com essa escolha. Isso é o que significa escolher. Comer ou não comer. Comer grama ou comer carne humana. Comer esta folha ou aquela. Na maior parte do tempo, dormimos. Não há nada para beber. Perco qualquer noção de tempo. Mesmo quando estou acordada é difícil permanecer consciente.

Uma vez vejo Magda rastejando até mim com uma lata na mão, uma lata que reluz ao sol. Uma lata de sardinhas. A Cruz Vermelha, por sua neutralidade, foi autorizada a enviar ajuda aos prisioneiros e Magda entrou na fila e recebeu uma lata de sardinhas. Mas não temos como abri-la. É apenas um novo sabor da crueldade. Até mesmo uma boa intenção, uma boa ação, torna-se fútil. Minha irmã está morrendo de fome pouco a pouco; minha irmã tem comida em suas mãos. Ela agarra a lata do jeito que um dia agarrou seu cabelo, tentando preservar sua identidade. Uma lata de peixe que não pode ser aberta é agora a parte mais humana dela. Somos os mortos e os quase mortos. Não sei qual deles eu sou.

Estou ciente, nas margens da minha consciência, de que o dia está se tornando noite. Quando abro os olhos, não sei se dormi ou se desmaiei, nem por quanto tempo. Não consigo perguntar "Por quanto tempo?". Às vezes me sinto respirar. Às vezes tento mexer a cabeça para procurar Magda. Às vezes não lembro o nome dela.

Gritos me tiram de um sono que se assemelha à morte. Os gritos devem ser o arauto da morte. Espero a explosão prometida, o calor prometido. Mantenho os olhos fechados e espero queimar. Mas não há explosão. Não há chamas. Abro os olhos e vejo jipes entrando devagar pela floresta de pinheiros que esconde o campo da estrada e do céu. "Os americanos chegaram! Os americanos estão aqui!" Isso é o que os fracos estão gritando. Os jipes parecem borrados, como se eu os visse através de água ou de um calor intenso. Será uma alucinação coletiva? Alguém está cantando "When the Saints Go Marching In". Vejo homens em uniformes de combate. Vejo bandeiras com estrelas e listras – bandeiras americanas. Vejo bandeiras com o número 71. Vejo um americano entregando cigarros para os prisioneiros, que de tão famintos os comem, papel e tudo. Vejo tudo deste emaranhado de corpos em que estou. Não consigo distinguir quais pernas são as minhas.

– Tem alguém vivo aqui? – perguntam os americanos, em alemão. – Levante a mão se estiver vivo.

Tento mexer os dedos para sinalizar que estou viva. Um soldado passa tão perto de mim que vejo as manchas de lama em sua calça.

Sinto o cheiro de seu suor. *Aqui*, quero chamar. *Aqui*. Não tenho voz. Ele observa os corpos. Seus olhos passam por mim sem que ele me veja. Ele segura um pedaço de pano sujo no rosto.

– Levantem a mão se estiverem me ouvindo – diz, mal afastando o pano da boca quando fala.

Luto para encontrar meus dedos. "Você nunca sairá daqui viva", disseram: a kapo que arrancou meus brincos, o oficial da SS que não queria desperdiçar a tinta da tatuagem, a capataz da tecelagem, o SS que atirava em nós na longa marcha. É assim que eles sentem que estão certos.

O soldado grita algo em inglês. Alguém fora do meu campo de visão grita de volta. Estão indo embora.

Então um feixe de luz explode no chão. O fogo. Finalmente. Estou surpresa por não fazer barulho. Os soldados se viram. Meu corpo dormente de repente se aquece – pelas chamas, penso, ou pela febre. Mas não, não há fogo. O fulgor não vem do fogo de forma alguma. É o sol batendo na lata de sardinhas de Magda! Quer intencionalmente ou por acidente, ela chamou a atenção dos soldados com a lata. Eles estão voltando. Temos mais uma chance. Se eu conseguir dançar em minha mente, vou conseguir fazer meu corpo ser visto. Fecho os olhos e me concentro, levantando as mãos acima da cabeça em um arabesco imaginário. Ouço os soldados gritarem novamente, um para o outro. Um deles está muito perto de mim. Mantenho os olhos bem fechados e continuo a dançar. Imagino que estou dançando com ele. Que ele me levanta como Romeu fez nos alojamentos com Mengele. Que o amor existe e brota da guerra. Que existe a morte e sempre, sempre seu oposto.

Sinto minha mão. Sei que é minha mão porque o soldado a está tocando. Abro os olhos. Vejo que sua mão larga e escura envolve meus dedos. Ele coloca algo em minha mão. Parecem contas. Bolinhas coloridas. Vermelhas, marrons, verdes, amarelas.

– Comida – diz o soldado.

Ele olha em meus olhos. Sua pele é a mais escura que já vi, seus lábios são grossos, seus olhos são de um marrom profundo. Ele me ajuda a levar a mão à boca, me ajuda a colocar as contas na minha língua seca. A saliva se acumula e eu sinto um sabor doce. Sinto gosto de chocolate. Eu me lembro do nome desse sabor. "Tenha sempre algo doce no bolso", disse meu pai. Aqui está a doçura.

Mas e Magda? Ela também foi encontrada? Ainda não tenho palavras, não tenho voz. Não consigo gaguejar um *obrigada*. Não consigo formar as sílabas do nome da minha irmã. Mal consigo engolir os pedacinhos de doce que o soldado me deu. Mal consigo pensar em outra coisa além do desejo por mais comida. Ou um gole de água. Sua atenção agora está voltada para me tirar da pilha de corpos. Ele precisa puxar os mortos para longe de mim. Estão com a cabeça frouxa, os membros frouxos. Por mais esqueléticos que sejam, são pesados, e o soldado faz careta no esforço de levantá-los. O suor escorre pelo rosto dele. O ar fétido o faz tossir. Ele ajeita o pano sobre a boca. Quem sabe há quanto tempo os mortos estão mortos? Talvez apenas um ou dois suspiros me separem deles. Não sei como expressar minha gratidão, mas o sentimento percorre toda a minha pele.

Ele me levanta e me coloca no chão, de costas, a uma pequena distância dos cadáveres. Enxergo partes do céu entre as copas das árvores. Sinto o ar úmido no rosto, a umidade da grama debaixo de mim. Deixo minha mente descansar na sensação. Imagino o cabelo comprido da minha mãe, a cartola e o bigode do meu pai. Tudo o que sinto e já senti vem deles, da união que me criou. Eles me embalaram. Fizeram de mim uma filha desta terra. Lembro-me da história de Magda sobre meu nascimento. "Você me ajudou!", exclamou minha mãe para a própria mãe. "Você me ajudou!"

Agora Magda está ao meu lado na grama. Ela segura a lata de sardinhas. Sobrevivemos à seleção final. Estamos vivas. Estamos juntas. Estamos livres.

11

Meu libertador, meu agressor

Quando eu me permitia imaginar um momento como este – o fim do meu cativeiro, o fim da guerra –, imaginava uma alegria desabrochando em meu peito. Imaginava gritar com todas as minhas forças: "ESTOU LIVRE! ESTOU LIVRE!" Mas não tenho voz. Somos um rio silencioso, uma correnteza de libertados que flui do cemitério de Gunskirchen em direção à cidade mais próxima. Estou em um carrinho improvisado. As rodas rangem. Mal consigo me manter consciente. Não há alegria ou alívio nesta liberdade. É uma lenta caminhada para fora da floresta. É um rosto atordoado. É estar aqui por um fio de vida e perder a consciência mais uma vez. É o perigo do excesso de sustento. O perigo do tipo errado de sustento. A liberdade é piolho e feridas e tifo e abdomes esqueléticos e olhos sem vida.

Estou ciente de Magda caminhando ao meu lado, da dor em todo o meu corpo com o chacoalhar do carrinho. Por mais de um ano não tive o luxo de pensar sobre o que dói ou não dói. Só podia pensar em como acompanhar os outros, como me manter um passo à frente, conseguir um pouco de comida, andar rápido o suficiente, nunca parar, permanecer viva, não ficar para trás. Agora que esses perigos se foram, a dor interna e o sofrimento ao meu redor transformam a consciência em alucinação. Um filme mudo. Uma marcha de esqueletos. A maioria dos prisioneiros está tão destruída fisicamente que não consegue caminhar. Somos levados em carrinhos. Alguns se apoiam em varas. Nossos uniformes estão imundos e gastos, tão esfarrapados que mal cobrem a pele. Nossa pele mal cobre os ossos. Somos uma lição de anatomia: cotovelos, joelhos, tornozelos, maçãs do rosto, articulações e costelas se projetam como perguntas. O que somos agora? Nossos ossos são obscenos; nossos olhos são cavernas, vazios e escuros, sem vida. Rostos ocos. Unhas pretas e azuladas. Somos o trauma em movimento. Somos um desfile de fantasmas em marcha lenta. Cambaleamos; as rodas dos carrinhos giram no calçamento. Fileira após fileira, enchemos a praça da cidade de Wels, na Áustria. Os habitantes nos observam das janelas. Somos assustadores. Ninguém fala. Sufocamos a praça com nosso silêncio. Os moradores correm para suas casas. As crianças tapam os olhos. Sobrevivemos ao inferno apenas para nos tornarmos o pesadelo dos outros.

O mais importante é comer e beber, mas não em muita quantidade, nem muito rápido. É possível sofrer uma overdose de comida, morrer por comer demais. Mas alguns não conseguem se controlar. A moderação se dissolveu junto com nossa massa muscular, nossa carne. Passamos fome por tanto tempo que agora é letal tanto prolongar a fome quanto acabar com ela. É uma bênção, então, que a força de que preciso para mastigar retorne de modo intermitente. Também é uma bênção que os soldados americanos tenham pouco alimento para oferecer. A maioria são doces, aquelas continhas coloridas – chamam-se M&Ms, como aprendemos.

―――

Ninguém quer nos abrigar. Hitler está morto há menos de uma semana. A Alemanha ainda não se rendeu oficialmente. A violência está diminuindo pela Europa, mas ainda é tempo de guerra. Comida e esperança são escassas para todos. E nós, sobreviventes, ex-prisioneiros, ainda somos o inimigo para alguns. Parasitas. Vermes. O antissemitismo não acaba junto com a guerra. Os soldados americanos levam Magda e eu para uma casa onde vive uma família alemã: mãe, pai, avó e três crianças. Este é o lugar onde vamos morar até termos forças para viajar. Tomem cuidado, os americanos nos alertam em um alemão capenga. Ainda não há paz. Qualquer coisa pode acontecer.

Os adultos transferem todos os pertences da família para um quarto e o pai faz questão de mostrar que está trancando a porta. Cada hora uma criança vem nos espiar e depois correr para esconder o rosto na saia da mãe. Somos objetos de fascínio e medo. Estou acostumada com a crueldade automática e apática dos SS, ou com sua alegria incongruente, seu deleite com o poder. Estou acostumada a vê-los se vangloriar para se sentirem grandiosos, para intensificarem seu propósito e a sensação de que estão no controle. O olhar das crianças é pior. Somos uma ofensa à inocência. As crianças nos olham como se fôssemos nós as transgressoras. O choque delas é mais amargo que o ódio.

Os soldados nos levam para o aposento onde vamos dormir, o quarto das crianças. Somos órfãs da guerra. Eles me colocam em um berço de madeira. Estou bem pequena, peso 32 quilos. Não consigo andar sozinha. Sou um bebê. Mal sou capaz de pensar em linguagem. Penso em termos de dor, de necessidade. Eu choraria para que alguém me pegasse no colo, mas não há ninguém para fazê-lo. Magda se encolhe na pequena cama.

⁓

Um barulho do outro lado da porta fragmenta meu sono. Até o descanso é frágil, tenho medo o tempo todo. Tenho medo do que já aconteceu e do que pode acontecer. Sons na escuridão trazem de volta a imagem da minha mãe guardando a *caul* de Klara no casaco, meu pai contemplando nosso apartamento na madrugada da nossa expulsão. Ao relembrar o passado, perco minha casa e meus pais de novo. Fico olhando as ripas de madeira do berço e tento voltar a dormir, ou pelo menos encontrar alguma calma.

Mas os barulhos persistem. Estrondos e passos pesados. Então a porta se abre de repente. Dois soldados americanos entram no quarto. Eles tropeçam um no outro, numa pequena estante. A luz lá de fora penetra no quarto. Um dos homens aponta para mim, ri e agarra a virilha. Magda não está aqui. Não sei onde ela está, se me ouviria se eu gritasse, se está escondida em algum lugar, tão assustada quanto eu. Ouço a voz da minha mãe: "Não se atreva a perder a virgindade antes de se casar", ela nos advertia, antes mesmo que eu soubesse o que era virgindade. E nem precisava saber, eu entendia a ameaça. Não se arruíne. Não nos decepcione. Agora, uma violência pode fazer mais do que me macular – pode me matar. Estou frágil assim. Mas não tenho apenas medo de morrer ou sentir mais dor. Tenho medo de perder o respeito da minha mãe.

O soldado empurra o amigo para a porta para ficar de vigia. Ele vem na minha direção, balbuciando, a voz áspera e desconexa. O suor de seu corpo e o álcool em seu hálito cheiram forte como mofo. Não posso permitir que se aproxime de mim. Não tem nada por perto que eu possa jogar nele. Não consigo nem me sentar. Tento gritar, mas minha voz é apenas um gemido. O soldado na porta está rindo. De súbito ele para. Fala de maneira ríspida. Não entendo inglês, mas identifico a palavra "bebê". O outro soldado se apoia na grade do berço. Sua mão vai à cintura. Ele vai me usar. Vai me esmagar. Ele saca a arma e a brande como se fosse uma tocha. Espero que suas mãos me agarrem. Mas ele se afasta. Volta para perto do amigo. A porta se fecha. Estou sozinha no escuro.

Não consigo dormir. Tenho certeza de que o soldado vai voltar. E onde está Magda? Algum outro soldado a levou? Ela também está esquálida, mas seu corpo está em muito melhor estado que o meu, ainda conserva resquícios de feminilidade. Para me tranquilizar, tento organizar o que sei sobre os homens, sobre a paleta humana: Eric, terno e otimista; meu pai, desapontado consigo mesmo e com as circunstâncias, às vezes derrotado, outras vezes aproveitando a vida como podia, encontrando pequenas alegrias; Dr. Mengele, lascivo e controlado; o Wehrmacht que me flagrou com as cenouras, punitivo mas misericordioso, depois gentil; o soldado americano que me tirou da pilha de cadáveres em Gunskirchen, determinado e corajoso; e agora esse novo tipo, esse novo tom na paleta. Um libertador, mas também um agressor, sua presença pesada mas também vazia. Um grande vazio escuro, como se sua humanidade tivesse abandonado seu corpo. No fundo, sei que o homem que quase me estuprou, que ainda pode voltar para fazer o que pensou, também viu o horror. Como eu, ele provavelmente está preso na teia das trevas, tentando afastá-la, se libertar. Perdido na escuridão, ele quase se transformou nela.

Ele volta pela manhã. Sei que é o mesmo soldado porque ainda está fedendo a álcool e porque o medo me fez memorizar o mapa de seu rosto, mesmo que eu o tenha visto na penumbra. Abraço os joelhos e choramingo. Pareço um animal. Não consigo parar. É um lamento, um som contínuo, como o zumbido de um inseto. Ele se ajoelha ao lado do berço. Está chorando. Repete três sílabas. Não sei o que significam. Ele me entrega um saco de pano. É pesado demais para que eu consiga levantar, então ele o esvazia para mim, derramando no colchão as latinhas de ração do Exército. Ele me mostra as figuras nas latas. Aponta e fala, como um maître alucinado explicando o menu, me convidando a escolher minha próxima refeição. Não entendo uma palavra do que o homem diz. Observo as figuras. Ele abre uma lata e me alimenta com uma colher. É presunto com algo doce, uvas-passas. Se meu pai não tivesse dividido comigo seus pacotes secretos de carne de porco, talvez eu não soubesse o gosto – embora os húngaros nunca combinassem presunto com algo doce. Continuo abrindo a boca, recebendo comida. É claro que o perdoo. Estou morrendo de fome e ele me traz comida.

Ele volta todos os dias. Magda está bem o suficiente para flertar, então presumo que ele faça questão de visitar esta casa porque gosta da atenção dela, mas, dia após dia, ele mal a nota. Ele vem por mim. Eu sou o que ele precisa resolver. Talvez esteja se penitenciando por seu quase abuso, ou talvez precise provar a si mesmo que a esperança e a inocência podem ser ressuscitadas – a dele, a minha, a do mundo. Que uma jovem destroçada pode voltar a andar. Ele me pega do berço e me segura pelas mãos, me incentiva a dar um passo de cada vez pelo quarto. A dor que sinto nas costas quando tento me movimentar é como carvão ardendo em brasa. Eu me concentro em transferir o peso do corpo de um pé para o outro, tentando sentir o exato momento em que a transferência se dá. Estendo os braços para cima, segurando os dedos dele. Finjo que ele é meu pai. Meu pai, que queria que eu fosse um menino e mesmo assim me amou. "Você vai ser a dama mais bem-vestida da cidade", me dizia ele, repetidamente. Quando penso no meu pai, o calor que arde nas minhas costas vem para o peito. Dor e amor. Um bebê conhece essas duas nuances do mundo, e também estou reaprendendo.

Magda, que está fisicamente melhor do que eu, tenta colocar nossas vidas em ordem. Um dia, quando a família alemã está fora de casa, ela abre os armários até encontrar vestidos para nós duas. Envia cartas – para Klara, para um tio nosso em Budapeste, para uma tia em Miskolc –, tentando descobrir quem ainda pode estar vivo, onde construir uma vida quando for a hora de deixar Wels. Não lembro como se escreve meu próprio nome, muito menos um endereço, uma frase. *Tem alguém aí?*

Um dia, o soldado traz papel e lápis. Começamos pelo alfabeto. Ele escreve um *A* maiúsculo, um *a* minúsculo. *B* maiúsculo, *b* minúsculo. Em seguida, me dá o lápis e acena com a cabeça. Consigo traçar alguma letra? Ele quer que eu tente. Quer ver até onde regredi, quanto lembro. Consigo escrever *C* e *c*. *D* e *d*. Eu lembro! Ele me encoraja, me anima. *E* e *e*. *F* e *f*. Paro aí. Sei que depois vem o *G*, mas não consigo visualizar a letra, não sei como formá-lo no papel.

Um dia ele traz um rádio. O aparelho toca a música mais feliz que já ouvi. É vibrante. Estimulante. Ouço instrumentos de sopro me impelindo a me mexer. O brilho da música não é sedução – é mais profundo do que isso; é um convite, impossível de recusar. O soldado e seus amigos mostram a Magda e a mim as danças que acompanham o som: jitterbug, boogie-woogie. Os homens formam pares como dançarinos de salão. Até o jeito como eles seguram os braços é novo para mim. É estilo de salão, mas solto, flexível. É informal, mas não desleixado. Como conseguem se manter tão cheios de energia e ao mesmo tempo tão flexíveis? Tão *prontos*? Seus corpos vivem o que a música desencadeia. Eu quero dançar assim. Quero deixar meus músculos lembrarem.

Certa manhã, Magda vai tomar banho e volta para o quarto tremendo. Está com o cabelo molhado e seminua. Ela se balança na cama, de olhos fechados. Eu estava dormindo na cama (já não caibo mais no berço) e não sei se ela sabe que estou acordada.

Já faz mais de um mês que fomos libertadas. Magda e eu passamos quase todas as horas dos últimos quarenta dias neste quarto. Recuperamos o uso do nosso corpo. Recuperamos a capacidade de falar, de escrever e até de tentar dançar. Conseguimos falar sobre Klara, sobre nossa esperança de que ela esteja viva em algum lugar, tentando nos encontrar. Mas não conseguimos falar sobre o que vivemos juntas.

Talvez em nosso silêncio estejamos tentando criar uma esfera livre do trauma. Wels é uma vida liminar, mas é o início de uma nova vida. Talvez estejamos tentando dar uma à outra – e a nós mesmas – um espaço vago para a construção de um futuro. Não queremos ocupá-lo com imagens de violência e perda. Queremos ver algo além da morte. Então decidimos, tacitamente, não falar em nada que possa romper a bolha da sobrevivência.

Agora, ali está minha irmã, trêmula, sofrendo. Se eu disser a ela que estou acordada, se perguntar o que aconteceu, se eu me tornar testemunha de seu colapso, ela não precisará ficar sozinha com o que a faz tremer. Mas se eu fingir que estou dormindo posso evitar ser um espelho em que ela veja essa nova dor. Posso ser um espelho seletivo. Posso refletir apenas o que ela deseja cultivar e deixar que o resto permaneça invisível.

No final das contas, não preciso tomar uma decisão. Ela fala:
– Antes de sair desta casa, eu vou me vingar.

Raramente vemos a família cuja casa ocupamos, mas a raiva silenciosa e amarga deles me obriga a imaginar o pior. Imagino o pai entrando no banheiro enquanto Magda se despia.
– Ele...? – gaguejo.
– Não. – Sua respiração está entrecortada. – Eu tentei usar o sabonete. Tudo começou a girar.
– Você está doente?
– Não. Sim. Não sei.
– Está com febre?
– Não. É o sabonete, Dicu. Eu não conseguia tocar. Entrei em pânico.
– Ninguém machucou você?
– Não. Foi o sabonete. Você sabe o que dizem... Que é feito de gente. Das pessoas que eles mataram.

Não sei se é verdade. Mas assim, tão perto de Gunskirchen? Talvez.
– Ainda quero matar uma mãe alemã – diz Magda.

Penso em todos os quilômetros que caminhamos no inverno quando essa era sua fantasia, seu refrão.
– Eu bem poderia fazer isso.

Há diferentes maneiras de se manter de pé. Vou ter que encontrar uma maneira de viver com o que aconteceu. Ainda não sei qual é.

Um dia, o soldado americano e seus amigos vêm nos informar que vamos deixar Wels, que os russos estão ajudando a transportar os sobreviventes para casa. Eles vêm se despedir. Trazem o rádio. "In the Mood", de Glenn Miller, começa a tocar, e nos soltamos. Com as costas lesionadas, mal consigo fazer os passos, mas em minha mente, em minha alma, somos piões girando. Devagar, devagar, rápido, rápido, devagar. Devagar, devagar, rápido, rápido, devagar. Eu também consigo – consigo deixar os braços e pernas soltos, mas não frouxos. Glenn Miller. Duke Ellington. Repito várias vezes os grandes nomes das *big bands*. O soldado me conduz em um rodopio cuidadoso, uma pequena queda e por fim me solta. Ainda estou muito fraca, mas sinto o potencial no meu corpo, todas as coisas que poderei dizer com ele quando eu me curar. Ao dançar ao som de Glenn Miller seis semanas após a libertação, com minha irmã que está viva e o soldado que quase me estuprou mas não o fez, sinto a parte de mim que está voltando, ganhando força. Os membros e a vida que posso recuperar.

A viagem de trem de Wels a Viena, pela Áustria ocupada pelos russos, leva horas. O tempo todo coço as erupções cutâneas que ainda cobrem meu corpo, causadas por piolhos ou pela rubéola. Estamos voltando para casa. Daqui a dois dias estaremos em casa! No entanto, é impossível sentir a alegria do retorno sem associá-la à devastação da perda. Sei que minha mãe se foi, e certamente meu pai e meus avós também. Voltar para casa sem eles é perdê-los novamente. *Talvez Klara* é a esperança que me permito ter. *Talvez Eric*. Quando eu era prisioneira, esperança exigia imaginação. Agora, ela exige fé.

No assento ao lado do nosso vão dois irmãos. Também são sobreviventes. Órfãos. De Kassa, como nós! Chamam-se Lester e Imre. O pai deles foi morto com um tiro nas costas enquanto andava entre os dois na Marcha da Morte.

– Temos um ao outro – dizem eles. – Tivemos muita sorte. Lester e Imre, Magda e eu. Somos anomalias. Os nazistas não assassinaram apenas milhões de pessoas, assassinaram famílias. E agora, além da incompreensível lista de desaparecidos e mortos, nossas vidas continuam. Olhamos pelas janelas do trem, observando campos vazios, pontes destruídas e, em alguns lugares, o início ainda frágil de plantações. O clima nas cidades por onde passamos não é de alívio nem de celebração – é de incerteza e fome permeadas por tensão. A guerra acabou, mas ainda não acabou.

―――

– Minha boca é feia? – pergunta Magda quando nos aproximamos dos arredores de Viena.

Ela está olhando para o próprio reflexo no vidro da janela.

– Por que essa pergunta? Está planejando usá-la?

Brinco com ela, tentando evocar seu lado provocador. Busco minhas fantasias, de que Eric está vivo em algum lugar, que em breve serei noiva no pós-guerra, sob um véu improvisado. Que estarei com meu amado para sempre, nunca sozinha.

– É sério. Diga a verdade.

A ansiedade dela me lembra nosso primeiro dia em Auschwitz, quando ela ficou nua, a cabeça raspada, agarrando mechas do cabelo. Talvez ela condense o pavor em relação ao que acontecerá a seguir em temores mais específicos e pessoais: o medo de não encontrar um bom homem para se casar, o medo de não ser atraente. Ou talvez suas perguntas se relacionem a uma incerteza mais profunda, sobre seu valor como pessoa.

– O que tem de errado com a sua boca? – pergunto.

– Mamãe achava horrorosa. Alguém na rua elogiou meus olhos uma vez e ela disse: "Pois é, ela tem olhos lindos, mas veja como tem lábios grossos."

A sobrevivência é preto ou branco, nenhum "mas" pode se intrometer quando se luta pela vida. Agora os "mas" surgem rapidamente. Temos pão para comer. *Sim, mas não temos um tostão no bolso.* Você está ganhando peso. *Sim, mas meu coração está pesado.* Você está viva. *Sim, mas minha mãe está morta.*

⁓

Lester e Imre decidem ficar em Viena por alguns dias. Eles prometem nos procurar em Kassa. Magda e eu pegamos outro trem, que nos levará para Praga, uma viagem de oito horas. Um homem impede nossa entrada. *"Nasa lude"*, rosna ele. *Nosso povo.* Ele é eslovaco. Judeus devem viajar em cima do vagão.
– Os nazistas perderam – murmura Magda –, mas nada mudou.
Não há outra maneira de voltarmos para casa, então subimos no vagão. Há outras pessoas ali. Todos nos damos as mãos para nos equilibrarmos. Magda se senta ao lado de um jovem chamado Laci Gladstein. Ele acaricia a mão de Magda, seus dedos pouco mais que pele e osso. Não perguntamos uns aos outros onde estiveram. Nosso corpo e nossos olhos assombrados já dizem tudo. Magda se recosta no peito esquálido de Laci em busca de calor. Sinto inveja do consolo que eles parecem encontrar um no outro, da atração, do pertencimento. Estou muito comprometida com meu amor por Eric, com a esperança de reencontrá-lo, para procurar os braços de um homem agora. Mesmo que eu não carregasse a voz de Eric comigo, acho que teria muito medo de procurar conforto, de procurar intimidade. Sou pele e osso. Estou coberta de piolhos e feridas. Quem me desejaria? Melhor não arriscar uma aproximação e ser rejeitada, melhor não receber a confirmação do meu estado. Além disso, quem seria o melhor abrigo agora? Alguém que sabe o que passei, outro sobrevivente, ou alguém que não sabe, que pode me

ajudar a esquecer? Alguém que me conhecia antes de eu passar pelo inferno, que pode me ajudar a voltar ao meu antigo eu, ou alguém que é capaz de me olhar agora sem ver a todo momento o que foi destruído em mim? *Nunca esquecerei seus olhos*, Eric me disse. *Nunca esquecerei suas mãos.* Por mais de um ano eu me agarrei a essas palavras como um mapa que poderia me levar à liberdade. Mas e se Eric não tolerar o que me tornei? E se nos encontrarmos e construirmos uma vida apenas para descobrir que nossos filhos descendem de fantasmas?

Eu me aconchego a Magda. Ela e Laci falam sobre o futuro.

– Vou ser médico – diz ele.

É um objetivo nobre de um jovem que, como eu, estava pouco mais que morto há apenas um ou dois meses. Ele sobreviveu. Vai se curar e vai curar outras pessoas. Sua ambição me tranquiliza. Também me surpreende: ele saiu dos campos de extermínio com sonhos. Se Eric estiver vivo, será que seu desejo de ser médico permanece intacto? Parece um risco desnecessário. Mesmo agora que conheço a inanição e a atrocidade, lembro como é a dor de feridas menores, de um sonho arruinado pelo preconceito – de minha treinadora me cortando da equipe de treinamento olímpico. Lembro-me também do meu avô, que se aposentou da fábrica de máquinas de costura Singer e ficou esperando os cheques da pensão. Esperou, esperou, esperou. Só falava disso. Até que finalmente recebeu o primeiro cheque. Uma semana depois, fomos enviados para a fábrica de tijolos. Não quero sonhar o sonho errado.

– Eu tenho um tio na América – prossegue Laci. – No Texas. Vou para lá, vou trabalhar e guardar dinheiro para fazer faculdade.

– Talvez a gente também vá para a América – diz Magda.

Ela deve estar pensando em tia Matilda, que mora no Bronx. Ao nosso redor, no alto do vagão do trem, pessoas conversam sobre a América, sobre a Palestina. Por que continuar vivendo nas cinzas de tudo que perdemos? Por que continuar lutando pela sobrevivência em um lugar onde não nos querem? Logo descobriremos as restrições para a imigração para os Estados Unidos e a Palestina. Não há refúgio livre de limitação, de preconceito. Onde quer que estejamos, é possível que nossa vida seja sempre assim, tentando ignorar o medo de a qualquer minuto sermos atingidos por bombas, baleados, jogados numa vala. Ou, na melhor das hipóteses, obrigados a viajar no alto do trem, de mãos dadas contra o vento.

Em Praga trocaremos de trem mais uma vez. Ao nos despedirmos de Laci, Magda lhe dá nosso antigo endereço: Kossuth Lajos Utca, número 6. Ele promete entrar em contato.

Temos algum tempo antes da próxima partida, tempo para esticar as pernas e nos sentarmos ao sol para comer nosso pão. Quero encontrar uma praça. Quero ver o verde, as flores. Fecho os olhos a cada poucos passos e inspiro os cheiros de uma cidade, as ruas e calçadas e a agitação das pessoas. Padarias, escapamento de carros, perfume. É difícil acreditar que tudo isso existia enquanto estávamos no nosso inferno. Olho as vitrines das lojas, não me importa que eu não tenha dinheiro. Em breve vai importar, é claro, a comida não será distribuída de graça em Košice, mas neste momento me sinto totalmente satisfeita apenas em ver que há vestidos e meias-calças para comprar, joias, cachimbos, artigos de papelaria. A vida e o comércio continuam. Uma mulher sente a textura do tecido de um vestido. Um homem admira um colar. Os objetos não são importantes, mas a beleza é. Aqui está uma cidade cheia de pessoas que não perderam a capacidade de imaginar, fazer e admirar coisas belas. Serei uma residente novamente – residente de algum lugar. Cuidarei de minhas tarefas diárias e comprarei presentes. Pegarei fila no correio. Comerei pão feito por mim. Usarei roupas de qualidade em homenagem ao meu pai. Irei à ópera em homenagem à minha mãe, que se sentava na ponta da cadeira ouvindo Wagner e chorava. Vou ouvir a orquestra sinfônica. E, por Klara, procurarei todas as apresentações do concerto para violino de Mendelssohn. Aquele anseio e nostalgia. A urgência durante o crescendo, depois a cadência ondulante, os acordes ascendentes e impactantes. E então o tema mais sinistro nas cordas, ameaçando os sonhos do violino solo. De pé na calçada, fechei os olhos para ouvir o eco do violino da minha irmã. Magda me assusta:

– Acorda, Dicu!

E quando abro os olhos, bem aqui no meio da cidade, perto da entrada do parque, há um cartaz de concerto anunciando uma apresentação com uma violinista.

A foto no cartaz é da minha irmã.

Lá no papel está minha Klarie, com seu violino.

12
Pela janela

Descemos do trem em Košice. Nossa cidade natal não pertence mais à Hungria, voltou a fazer parte da Tchecoslováquia. O sol intenso de junho nos obriga a semicerrar os olhos. Não temos dinheiro para pegar um táxi – para fazer nada, na verdade –, não temos ideia se o apartamento da nossa família está ocupado, não temos planos de como faremos para viver. Mas estamos em casa. Estamos prontas para procurar nossa irmã. Klara, que deu um concerto em Praga há apenas algumas semanas. Klara, que está em algum lugar, viva.

Atravessamos o parque Mestský em direção ao centro da cidade. Pessoas estão em mesas ao ar livre, em bancos. Crianças cercam os chafarizes. Lá está o relógio onde Sara e eu víamos os meninos se reunirem na expectativa de nos encontrar e flertar.

Lá está a sacada da loja do nosso pai, as medalhas douradas brilhando na grade. *Ele está aqui!* Estou tão convicta disso que sinto o cheiro do tabaco, sinto seu bigode no meu rosto. Mas as janelas estão às escuras. Caminhamos rumo ao nosso apartamento na Kossuth Lajos Utca, número 6, e na calçada, perto do lugar onde a carroça estacionou para nos levar para a fábrica de tijolos, ocorre um milagre. Klara aparece na porta do prédio. Seu cabelo está trançado e preso como o de nossa mãe. Ela carrega o violino. Quando me vê, ela deixa o estojo do instrumento cair e corre até mim.

– Dicuka, Dicuka! – geme ela.

Klara chora e me pega como se eu fosse um bebê, seus braços me acolhendo como um berço.

– Não nos abrace! – exclama Magda. – Estamos cobertas de piolhos e feridas!

Acho que o que ela quer dizer é: *Querida irmã, estamos cheias de cicatrizes.* Ela quer dizer: *Não deixe que o nosso sofrimento a contamine. Não piore as coisas. Não nos pergunte o que aconteceu. Não desapareça sem deixar rastros.*

Klara me embala sem parar.

– Esta é a minha irmã mais nova – informa a um desconhecido que passa por nós.

Em um instante ela se torna minha mãe. Deve ter visto em nosso rosto que a posição está vaga e precisa ser preenchida. Faz pelo menos um ano e meio que a vimos pela última vez. Ela está a caminho da estação de rádio para dar um concerto. Estamos desesperadas para não perdê-la de vista, para não perder contato.

– Fique, fique – imploramos.

Mas ela já está atrasada.

– Se eu não tocar, não temos o que comer – diz. – Depressa, entrem.

Talvez seja bom que não haja tempo para conversarmos. Não saberíamos por onde começar. Embora seja um choque para Klara nos ver tão arruinadas fisicamente, talvez isso também seja uma bênção. Há algo concreto que Klara pode fazer para expressar seu amor e alívio, para nos apontar o caminho da cura. Será necessário mais que o descanso. Talvez nunca nos recuperemos, mas existe algo que ela pode fazer agora. Ela nos leva para dentro e tira nossas roupas sujas, nos ajuda a deitar nos lençóis brancos na cama onde nossos pais dormiam, passa loção de calamina nas erupções que cobrem nosso corpo. Aquilo que nos faz coçar sem parar passa para ela, de modo que ela mal consegue tocar direito por causa da ardência na pele. Nosso reencontro é físico.

―――

Magda e eu passamos pelo menos uma semana na cama, nuas, lambuzadas de calamina. Klara não nos faz perguntas. Não pergunta onde estão nossos pais. Ela fala para que não precisemos falar. Ela fala para não ter que ouvir. Tudo o que nos conta é formulado como um milagre. E é milagroso. Estamos juntas. Temos sorte. Há poucos reencontros como o nosso. Estamos entre os setenta deportados de nossa cidade natal que voltaram, dos mais de quinze mil. Nossa tia e nosso tio, ambos por parte de mãe, foram jogados de uma ponte e afogados no Danúbio. Klara nos conta isso de forma brusca, direta. Mas quando os últimos judeus da Hungria foram presos, ela escapou da identificação. Ficou morando na casa do professor, disfarçada de gentia.

— Um dia meu professor disse: "Você tem que aprender a Bíblia amanhã. Vai começar a ensiná-la. Vai morar em um convento." Parecia a melhor maneira de me manter escondida. O convento ficava a quase trezentos quilômetros de Budapeste.

Eu usava um hábito. Mas um dia uma garota da academia me reconheceu e eu voltei para Budapeste.

Em algum momento do verão ela recebeu uma carta de nossos pais. Foi a carta que escreveram enquanto estávamos na fábrica de tijolos, dizendo a Klara onde estávamos presos, que estávamos juntos, seguros, que achávamos que seríamos transferidos para um campo de trabalho chamado Kenyérmező. Lembro-me de ver minha mãe deixar cair a carta na rua durante a evacuação da fábrica de tijolos, já que não havia como enviá-la. Na época, pensei que ela deixara a carta cair no chão em sinal de resignação, mas, ao ouvir Klara contar sua história de sobrevivência, vejo as coisas de maneira diferente. Ao soltar a carta, minha mãe não estava desistindo da esperança – ela a estava alimentando. De qualquer forma, quer derrotada ou esperançosa, ela correu um risco ao deixar cair a carta, pois apontava um dedo para minha irmã, uma judia loira escondida em Budapeste. Dava seu endereço. Enquanto sacolejávamos no escuro rumo a Auschwitz, alguém, um desconhecido, pegou aquela carta. Ele poderia tê-la aberto. Poderia ter denunciado Klara aos *nyilas*. Poderia ter jogado a carta no lixo ou deixado ali mesmo no chão. Mas esse desconhecido colocou um selo no envelope e o enviou para Klara, em Budapeste. Isso é tão inacreditável para mim quanto o reaparecimento dela. É um truque de mágica, uma evidência do elo que existe entre nós, evidência também de que a bondade ainda existia no mundo mesmo naquela época. Em meio à poeira levantada por três mil pares de pés, muitos deles indo direto para uma chaminé na Polônia, a carta de minha mãe voou. Uma jovem loira colocou o violino de lado para rasgar o selo.

Klara conta outra história com um final feliz. Sabendo que tínhamos sido levadas para a fábrica de tijolos, que esperávamos a qualquer dia ser enviadas para algum lugar, para Kenyérmező ou quem sabe onde, ela foi ao consulado alemão em Budapeste para exigir ser enviada para o mesmo lugar que nós. Chegando ao consulado, o porteiro lhe disse: "Vá embora, menina. Não entre aqui." Mas ela se recusou a aceitar um não como resposta. Tentou entrar escondido no prédio. O porteiro a viu e começou a lhe dar socos nos ombros, nos braços, na barriga, no rosto. "Saia daqui", repetiu a Klara.

– Ele me espancou e salvou minha vida – conta.

Já quase no fim da guerra, quando os russos cercaram Budapeste, os nazistas ficaram ainda mais determinados a exterminar os judeus da cidade.

– Tínhamos que carregar cartões de identificação com nome, religião e foto. Eles verificavam esses cartões o tempo todo nas ruas, e se vissem que a pessoa era judia, podiam matá-la. Eu não queria carregar meu cartão, mas tinha medo de que precisasse de algo para provar quem eu era depois da guerra. Então decidi dar o meu para uma amiga guardar. Ela morava do outro lado do rio, por isso eu precisava atravessar a ponte para chegar até lá, e quando cheguei à ponte, os soldados estavam verificando a identidade das pessoas. Quando pediram a minha, eu disse que não tinha nada, e sabe-se lá por quê... não sei como... eles me deixaram atravessar. Deve ter sido meu cabelo loiro e meus olhos azuis. Nunca voltei à casa da minha amiga para recuperar o cartão.

Quando não puder entrar pela porta, entre pela janela, dizia nossa mãe. Não há porta para a sobrevivência, nem para a recuperação. Apenas janelas. Trancas difíceis de alcançar, vidraças pequenas demais, vãos onde não deveria caber um corpo. Mas não é possível ficar parado. É preciso encontrar uma maneira.

Após a rendição alemã, enquanto Magda e eu nos recuperávamos em Wels, Klara voltou a procurar um consulado, desta vez o russo, porque Budapeste havia sido libertada do controle nazista pelo Exército Vermelho, e tentou descobrir o que havia acontecido conosco. Eles não tinham informações sobre nossa família, mas, em troca de um concerto gratuito, ofereceram a ela ajuda para voltar para Košice.

– Quando toquei, duzentos russos assistiram. Depois, me trouxeram para casa no alto de um trem. Eles cuidaram de mim quando parávamos e dormíamos.

Ao abrir a porta do nosso antigo apartamento, tudo estava em desordem, móveis e pertences saqueados. Os quartos haviam sido usados como estábulo e o chão estava coberto de esterco.

Enquanto Magda e eu estávamos em Wels reaprendendo a comer, andar e escrever nosso nome, Klara começou a tocar em concertos para receber algum dinheiro e a esfregar o chão.

E agora aqui estamos nós. Quando as feridas na pele saram, saímos de casa uma por vez, pois temos apenas um par de sapatos em bom estado. Quando chega a minha vez, caminho devagar pela calçada, para lá e para cá, ainda fraca demais para ir longe. Um vizinho me reconhece.

– Estou surpreso de ver que você sobreviveu – diz ele. – Você era uma criança tão magrinha!

Eu poderia me sentir triunfante. Contra todas as probabilidades, um final feliz! Mas sinto culpa. Por que eu? Por que eu consegui? Não há explicação. É puro acaso. Ou um erro.

O retrato da nossa avó materna permanece na parede. Na imagem, seu cabelo escuro está repartido ao meio e preso em um coque apertado. Algumas mechas cacheadas caem sobre sua testa lisa. Ela não sorri na foto, mas tem um olhar mais sincero do que severo. Ela nos observa, sábia e sensata. Magda fala com o retrato tal como nossa mãe fazia. Às vezes pede ajuda. Às vezes murmura e resmunga. "Aqueles nazistas desgraçados... Os malditos *nyilas*..." O piano que ficava encostado na parede sob o retrato foi levado. Antes, ele era quase invisível, como o ar, de tão presente em nosso cotidiano. Agora, sua ausência se destaca no aposento. Magda se enfurece com o espaço vazio. Falta algo nela também. Parte de sua identidade. Um escoadouro para a autoexpressão. Nesse espaço vazio ela encontra raiva. Vibrante, cheia de opiniões, obstinada – eu a admiro por isso. Minha raiva se volta para dentro e se solidifica nos meus pulmões.

Magda fica mais forte à medida que os dias passam, mas ainda estou fraca. A dor nas costas continua, dificultando a caminhada, e meu peito está pesado, congestionado. Raramente saio de casa. Há um lugar para onde eu gostaria de ir, uma pessoa sobre quem gostaria de perguntar, mas para isso preciso recuperar as forças. Preciso criar coragem para enfrentar o risco.

Dependo das minhas irmãs: Klara, minha enfermeira dedicada; e Magda, minha fonte de notícias, meu elo com o mundo exterior. Um dia, ela chega em casa sem fôlego.

– O piano! – exclama. – Eu o encontrei. Está no café. O *nosso* piano. Precisamos recuperá-lo.

O dono do café não acredita que seja nosso. Klara e Magda imploram. Descrevem os concertos de música de câmara em nossa sala, contam que János Starker, amigo violoncelista de Klara e outra criança-prodígio do conservatório, tocou com Klara em nossa casa no ano de sua estreia profissional. Nada o impressiona. Por fim, Magda procura o afinador. Ele a acompanha ao café, fala com o novo proprietário e depois olha dentro da tampa do piano para conferir o número de série.

– Sim – diz ele –, este é o piano da família Elefánt.

Ele reúne um grupo de homens para levá-lo ao nosso apartamento.

Há algo dentro de *mim* que possa confirmar minha identidade, me restaurar para mim mesma? Caso isso existisse, quem eu procuraria para levantar a tampa e ler o código?

Um dia, recebemos pelo correio um pacote de tia Matilda. *Valentine Avenue, Bronx*, diz o remetente. Ela envia chá e Crisco. Nunca vimos Crisco, portanto não temos ideia de que é um substituto de manteiga a ser usado na culinária. Comemos puro e passamos no pão. Reutilizamos os saquinhos de chá várias vezes. Quantas xícaras podemos fazer com as mesmas folhas?

———

Começo a dar voltas mais longas pela cidade. Para praticar. Praticar encontros com a vida que eu tinha antes da guerra. Encontrar Eric é a tarefa mais importante, mas vou começar por reencontros menos vitais.

Caminho até o estúdio de ginástica artística. Não sei o que direi à treinadora, se eu a encontrar. Não sei como vou me sentir. Mas preciso aprender a ser Edith novamente, a Edith que sobreviveu, a Edith que voltou. Encontro a porta do estúdio destrancada. Subo as escadas familiares. Sinto o cheiro de suor e borracha, parte mofado, parte amargo, parte doce. Meninas mais novas praticam nos tapetes e barras. Alguém treina na corda, outra faz o espacate. Ninguém se aproxima de mim. Não reconheço nenhuma delas e nenhuma parece me reconhecer. Pergunto pela minha treinadora a uma das novas treinadoras.

– Quando ela volta?

A mulher me encara por um momento, depois balança a cabeça.

– Ela não trabalha mais aqui – responde.

A princípio, penso que ela está falando em código, usando um eufemismo. Se alguém viesse ao nosso apartamento procurando por nossa mãe, eu poderia dizer: *Ela não mora mais aqui*. Não precisaria dizer *Ela morreu*. Mas, para gentios, para aqueles que viveram a guerra em casa, uma declaração banal como essa pode ser simplesmente a verdade. Descomplicada. Desprovida do que não pode ser dito.

Eu poderia ir à casa dela, como fiz uma vez. Poderia, desta vez, tocar a campainha em vez de ficar olhando da rua. Mas estou cansada. Minhas costas doem. E o que diríamos uma à outra?

No caminho de volta, uma mulher para na calçada e fica me encarando.

– Muitos de vocês voltaram – diz ela. – Era para todos terem morrido.

O ódio dela me inflama. Como ela sabe que sou sobrevivente, uma judia? E o que a leva a falar comigo dessa forma?

No entanto, em uma coisa ela tem razão: era para termos morrido. Assim não sobraria ninguém para sentir essa lancinante perda constante.

⁓

De vez em quando a campainha toca e eu me levanto correndo da cama. Esses são os melhores momentos. Alguém está esperando do outro lado da porta, e, nos segundos antes de abri-la, essa pessoa pode ser qualquer um. Às vezes imagino que é nosso pai. Imagino que ele sobreviveu à primeira seleção. Encontrou uma maneira de trabalhar, de parecer jovem pelo resto da guerra, e aqui está ele, fumando, segurando um pedaço de giz, uma longa fita métrica pendurada no pescoço como um cachecol. Outras vezes imagino que é Eric. Que ele traz um buquê de rosas.

Um dia, Lester Korda, um dos dois irmãos que viajaram conosco no trem de Wels para Viena, toca a campainha. Veio ver como estamos.

– Pode me chamar de Csicsi – diz ele.

É como um sopro de ar fresco entrando em nossos aposentos abafados. Vivemos em um limbo contínuo, minhas irmãs e eu, entre olhar para trás e seguir em frente. Grande parte da nossa energia é usada apenas para recuperar coisas – recuperar a saúde, recuperar pertences, recuperar o que pudermos da vida anterior à perda e à prisão. O calor e o interesse de Csicsi em nosso bem-estar me lembram que há mais motivos para querer viver.

Klara está no outro cômodo, praticando. Os olhos de Csicsi brilham quando ele ouve a música.

– Posso conhecer a violinista? – pergunta, e Klara concorda.

Ela toca uma czarda húngara. Csicsi dança. Talvez seja hora de construir nossa vida – não como era, mas de uma nova maneira.

Csicsi se torna um visitante assíduo. Quando Klara precisa ir a Praga para outro concerto, ele se oferece para acompanhá-la.

– Devo providenciar um bolo de casamento? – pergunta Magda.

– Pare com isso – diz Klara. – Ele tem namorada. Só está sendo gentil.

– Você tem certeza de que não está se apaixonando? – pergunto.

– Ele se lembra dos nossos pais – diz ela. – E eu me lembro dos pais dele.

Outro dia, quando Magda e Klara estão fora, uma mulher bate à nossa porta. Ela tem olhos castanhos profundos. Pergunta por meu pai. Deve ser uma cliente, penso.

– Ele não voltou – digo, como se ele tivesse apenas ido jogar bilhar com seus amigos ou viajado para comprar tecido em Paris.

Os olhos da mulher se enchem de lágrimas.

– Eu o amava muito – diz ela.

As peças se encaixam. Ela não é uma antiga cliente que veio ter notícias de um terno ou um vestido. É sua amante. A amante. Quero segurá-la firme, manter aqui esse elo com meu pai. Quero convidá-la para entrar, ser sua amiga, ouvir qualquer coisa que ela possa me contar sobre ele. Porém sua existência também me apresenta a um pai que é um desconhecido. Que levou uma vida secreta. Sinto que permitir que suas lembranças penetrem na minha esfera seria trair minha memória.

Antes que eu encontre palavras, ela me entrega um envelope.

– Se ele voltar, dê isto a ele, por favor.

Fecho a porta, a carta na minha mão como uma armadilha. Se eu a jogar fora, é como perder a esperança de que ele algum dia voltará. Se eu a guardar, minhas irmãs perguntarão o que é, de quem é. Antigamente eu valorizava aquelas raras ocasiões em que sabia algo que minhas irmãs não sabiam. Agora, me sinto punida.

Encontro uma solução intermediária: guardo a carta entre dois livros empoeirados da estante.

A visita da mulher me convence de que está na hora de eu saber do paradeiro de Eric. Vou até a casa dele, caminhando quase sem forças, o coração acelerado. Meu corpo é consumido por muitos sentimentos: excitação, medo, pânico. Eric me fez companhia nesses tantos meses terríveis. Ele me manteve viva. Mas estou trocando essa fantasia pela realidade, seja ela qual for.

Obrigo meus pés a continuarem. *É temporário*, digo a mim mesma. Um passo. Outro passo. A incerteza me aprisiona em suas garras, mas não vai durar para sempre. Ela se transformará

em outra coisa. Talvez em amor apaixonado. Talvez em distanciamento ou decepção. Talvez em luto.
Chego à porta. Estou trêmula. Minha mão pesa como chumbo. Eu me apoio na parede antes de alcançar a campainha. Toco e espero, prendendo a respiração. Ouço o pulsar do sangue na minha cabeça. Toco de novo, o suor já esfriando em minha pele, meu corpo de repente frio apesar do sol quente. Estou prestes a contabilizar minhas perdas e ir embora quando a porta se abre. Primeiro uma fresta, depois mais. Uma empregada está na entrada, me encarando com curiosidade e desconfiança.
Digo meu nome. Minha voz soa aguda. Digo que estou procurando por Eric. Por um momento ela parece prestes a me convidar para entrar, a me dizer que devo esperar enquanto vai chamá-lo.
– Sinto muito – diz ela por fim. – Estou cuidando da propriedade há mais de um ano e ninguém da família voltou... – não sei o que a obriga a acrescentar uma palavra, se ela a diz para se tranquilizar ou para me confortar – ... *ainda*. Ninguém voltou *ainda*.
Estou soluçando. Ela me dá um sorriso triste e tímido, depois fecha a porta, e eu faço meu caminho de volta para casa, mal conseguindo ver através das lágrimas. Magda e Klara me botam de volta na cama e me abraçam, uma de cada lado, enquanto eu choro.
– Ah, Dicuka, Dicuka... – dizem.
Choro porque sinto que nunca vou dormir com a cabeça no peito de Eric. Choro porque o abraço das minhas irmãs também é amor.
As duas afagam minhas costas, minha cabeça.
Elas me lembram que ainda há muitas pessoas em campos de sobreviventes por toda a Europa. Podemos vasculhar os jornais da Administração das Nações Unidas para Auxílio e Reabilitação

em busca de nomes familiares entre a lista de sobreviventes espalhados pelo continente.
Choro por tudo que tenho e por tudo que não tenho.

Klara cuida de mim com devoção extrema, tanto por amor quanto por aptidão natural. Acho que ela também faz isso por culpa. Ela não estava lá para nos proteger em Auschwitz, mas vai nos proteger agora. Klara prepara toda a comida e me alimenta com uma colher, como se eu fosse um bebê. Eu a amo, amo sua atenção, amo ser cuidada e me sentir segura. Mas também é sufocante. Sua bondade não me dá espaço para respirar. E ela parece precisar de algo de mim em troca. Não gratidão ou apreciação; algo mais profundo. Sinto que ela depende de mim para seu próprio senso de propósito. Para dar sentido aos eventos. Ao cuidar de mim, ela encontra a razão para ter sido poupada. Meu papel é me manter saudável o suficiente para permanecer viva, mas vulnerável o suficiente para precisar dela. Essa é a explicação para o fato de eu ter sobrevivido.

No final de junho, minhas costas ainda não estão curadas. Tenho uma sensação constante de esmagamento, uma dor cortante entre as escápulas. Meu peito também dói, até para respirar. Então começo a ter febre. Klara me leva ao hospital. Ela insiste que me deem um quarto particular, o melhor atendimento possível. Eu me preocupo com as despesas, mas ela diz que vai trabalhar mais; vai dar um jeito. Reconheço o médico que vem me examinar. É Gaby, o irmão mais velho de uma ex-colega de escola. Lembro que ela o chamava de Anjo Gabriel. Descubro que ela morreu. Em Auschwitz. Gaby me pergunta se eu a vi por lá. Eu gostaria de poder dar a ele uma última imagem para se lembrar da irmã, então penso em mentir, contar uma história em que a vi fazer algo corajoso ou ouvi-la falar dele com amor. Mas não faço isso, pois prefiro enfrentar as incertezas sobre meu pai e Eric a ouvir algo que não seja a verdade, por mais reconfortante que seja. O Anjo Gabriel me presta os primeiros cuidados médicos que recebo desde a libertação. Meus diagnósticos são febre tifoide, pneumonia, pleurisia e uma fratura nas costas. Ele faz para mim um gesso removível que cobre todo o meu tórax. Eu o coloco na cama à noite para me enfiar dentro dele, como se fosse uma concha.

 Gaby vai a nosso apartamento para me examinar, sem cobrar. Ficamos sentados, relembrando. Depois do dia em que visitei a casa de Eric e minhas irmãs me abraçaram enquanto eu chorava, não consigo me lamentar com elas, não explicitamente. É uma ferida aberta, presente demais. E sofrer ao lado delas me parece uma profanação do milagre de estarmos juntas. Mas com Gaby posso falar e viver meu sofrimento mais abertamente. Um dia pergunto sobre Eric. Ele o conhecia, mas não sabe o que aconteceu com ele. Gaby conta que alguns colegas seus estão trabalhando em um centro de repatriação nas montanhas Tatra, onde alguns sobreviventes dos campos ficaram a caminho de casa. Vai pedir a eles que descubram alguma coisa sobre Eric.

 Uma tarde, quando Gaby vem examinar minhas costas, ele espera até que eu fique deitada de bruços para me contar o que descobriu.

 – Eric foi para Auschwitz. Morreu em janeiro. Um dia antes da libertação.

 Solto um lamento. Meu peito vai se partir. A explosão de tristeza é tão intensa que as lágrimas não vêm – apenas um gemido irregular sai da minha garganta. Ainda não sou capaz de ter pensamentos claros ou de fazer perguntas sobre os últimos dias de Eric, sobre seu sofrimento, sobre o estado de sua mente e alma quando o corpo não pôde mais resistir. Estou consumida pela dor e pela injustiça de perdê-lo. Se ele tivesse resistido por mais algumas horas, talvez até mesmo apenas algumas respirações a mais, poderíamos estar juntos agora. Fico aos prantos com o rosto na mesa até ficar rouca.

À medida que o choque se dissolve, entendo que, embora seja estranho, a dor de saber é misericordiosa. Não tenho essa certeza sobre a morte do meu pai. Saber que Eric de fato se foi é como receber um diagnóstico após uma longa dor. Consigo identificar a razão do sofrimento. Agora sei o que precisa ser curado.

Mas um diagnóstico não é uma cura. Não sei o que fazer com a voz de Eric, as lembranças, a esperança.

13
A escolha

No final de julho, não tenho mais febre, mas Gaby ainda não está satisfeito com meu progresso. Meus pulmões estão cheios de líquido, por terem passado muito tempo comprimidos devido à fratura. Ele teme que eu tenha contraído tuberculose e recomenda que eu vá para um sanatório nas montanhas Tatra, perto do centro de repatriação onde descobriu sobre a morte de Eric. Klara me acompanhará no trem até a vila mais próxima nas montanhas e Magda ficará em casa. Depois de todo o esforço para recuperar o apartamento, não podemos correr o risco de deixá-lo vazio, nem por um dia, por menor que seja a chance de uma visita inesperada. Klara cuida de mim na viagem como se eu fosse uma criança. "Olhem só a minha pequenina!", exclama ela para os passageiros. Sorrio para eles como uma criança precoce.

Minha aparência quase engana. Meu cabelo caiu novamente por causa da febre tifoide e está apenas começando a crescer, macio como o de um bebê. Klara me ajuda a cobrir a cabeça com um lenço. À medida que ganhamos altitude, sinto o ar seco e alpino límpido no peito, mas ainda é difícil respirar. Há uma secreção constante em meus pulmões. É como se todas as lágrimas que não consigo derramar estivessem se acumulando numa poça dentro de mim. Não consigo ignorar o luto, mas também não consigo externá-lo.

Klara precisa voltar para Košice para outra apresentação na rádio – seus concertos são nossa única fonte de renda –, por isso não pode me acompanhar até o sanatório, mas se recusa a me deixar ir sozinha. Perguntamos no centro de repatriação se eles conhecem alguém que vá para o hospital e me dizem que um jovem hospedado no hotel próximo também está indo para lá, para ser tratado. Eu o encontro no saguão do hotel, beijando uma garota.

– Me encontre no trem – rosna ele.

Quando me aproximo dele na plataforma da estação, ele ainda está beijando a garota. É um rapaz de cabelo escuro, talvez uns dez anos mais velho que eu, embora depois da guerra seja mais difícil determinar a idade das pessoas. Vou completar 18 em setembro, mas, com os braços e pernas magros, o peito achatado e a cabeça careca, pareço mais uma criança de 12. Fico ao lado do casal, constrangida, enquanto se abraçam, sem saber como chamar a atenção dele. Estou irritada. É *esse* o homem a quem devo confiar minha integridade física?

– O senhor poderia me ajudar? – pergunto finalmente. – Pode me acompanhar até o hospital?

– Estou ocupado agora – diz ele, mal interrompendo o beijo para me responder. Age como um irmão mais velho afastando a irmã irritante. – Me encontre no trem.

Depois da atenção constante e carinhosa de Klara, essa indiferença me fere. Nem sei explicar por quê. Será porque a namorada dele está viva enquanto meu namorado está morto? Ou é porque já estou tão diminuta que, sem a atenção ou aprovação de outra pessoa, sinto que estou em perigo de desaparecer completamente? O rapaz compra um sanduíche para mim no trem e um jornal para si. Não conversamos, além da apresentação e das formalidades. Seu nome é Béla. Para mim, ele é apenas uma pessoa rude no trem, alguém a quem devo pedir ajuda a contragosto e que só oferece ajuda a contragosto.

Quando chegamos à estação, descobrimos que precisamos caminhar até o hospital. Agora não há jornal para distraí-lo.

– O que você fazia antes da guerra? – pergunta ele.

Percebo algo que não tinha notado: ele gagueja. Quando digo que era ginasta e bailarina, ele diz:

– Isso me lembra uma piada.

Eu o olho com expectativa, pronta para uma dose de humor húngaro, pronta para o alívio que senti em Auschwitz quando Magda e eu organizamos o concurso de peitos com nossas colegas de beliche, o estímulo do riso em tempos terríveis.

– Havia um pássaro – começa Béla –, e esse pássaro estava prestes a morrer. Então uma vaca veio e o aqueceu um pouco... com aquilo que sai do traseiro, se é que você me entende... e o pássaro começou a se reanimar. Então veio um caminhão e atropelou o pássaro. Um cavalo velho e sábio passou por ali, viu o pássaro morto na estrada e disse: "Eu não falei para não dançar quando estiver com merda na cabeça?"

Béla ri da própria piada. Mas eu me sinto insultada. Ele quer ser engraçado, mas acho que está tentando me dizer: *Você tem merda na cabeça.* Acho que ele quer me dizer: *Você está um desastre.* Acho que ele está dizendo: *Você não deveria se dizer dançarina quando seu corpo está destruído.* Por um momento, antes de seu insulto, foi um alívio ter sua atenção, ser perguntada quem eu era antes da guerra. Foi um alívio reconhecer a Edith que existia, que crescia e se desenvolvia, antes da guerra. A piada reforça que a guerra me transformou e me danificou de forma irreparável. Dói ser menosprezada por um desconhecido. Dói porque ele tem razão. Estou péssima. Mas não vou permitir que um homem insensível ou seu sarcasmo húngaro tenha a palavra final. Vou mostrar a ele que a dançarina exuberante ainda vive em mim, por mais curto que esteja meu cabelo, por mais esquálido que esteja meu rosto, por mais denso que seja o luto em meu peito. Passo na frente dele e abro um espacate no meio da estrada.

Não tenho tuberculose. Mesmo assim, preciso ficar três semanas no hospital, para tratar o líquido que se acumula em meus pulmões. Tenho tanto medo de contrair tuberculose que abro as portas com o pé, embora saiba que a doença não é transmitida pelo toque ou por germes nas maçanetas. É um alívio saber que não estou com tuberculose, mas ainda não estou bem. Não tenho vocabulário para explicar a sensação de transbordamento em meu peito, a pulsação sinistra em minha testa. É como uma sujeira obscurecendo minha visão. Sair da cama exige esforço. Respirar exige esforço. E, pior, o esforço existencial. Por que me levantar? Para quê? Não tive pensamentos suicidas em Auschwitz. Nunca considerei me enforcar ou me jogar na cerca. Mantive a esperança viva. *Se eu sobreviver hoje, amanhã serei livre.*

A ironia da liberdade é que é mais difícil encontrar esperança e propósito. Nos campos de extermínio, quando passava cada dia cercada por pessoas que diziam "A única maneira de sair daqui é como cadáver", as profecias sombrias me davam algo contra o qual lutar. Agora, os únicos demônios estão dentro de mim. A raiva fervilhando no meu interior pela vida que me foi roubada. Não é apenas a perda irrevogável que dói, mas como ela reverbera no meu futuro. Ela se perpetua. Minha mãe me dizia para procurar um homem de testa larga, porque era sinal de inteligência. "Observe também como ele usa o lenço," dizia. "Um homem deve sempre carregar um lenço limpo. E os sapatos devem estar engraxados." Ela não estará no meu casamento. Nunca saberá quem me tornei, quem escolhi como esposo. Por que não escolher não ser?

Todos os dias a partir de agora terão dor. O luto não acontece uma única vez. Ele dura para sempre. Pelo resto da vida. Qual é o sentido, qual é o sentido, qual é o sentido?

―⁓―

Béla foi colocado num quarto exatamente acima do meu. Um dia ele passa no meu quarto para ver como estou.

– Vou fazer você rir. Assim você vai se sentir melhor. Você vai ver.

Ele sacode a língua, puxa as orelhas, faz sons de animais, como se estivesse entretendo um bebê. É absurdo, talvez ofensivo, mas não consigo conter o riso. "Não ria", os médicos me alertaram. Até parece que o riso é uma tentação constante. Que corro o risco de morrer de alegria. "Senão, a dor vai piorar." E eles tinham razão. Dói. Mas também é bom.

Nessa noite, fico acordada imaginando-o no quarto acima do meu, pensando como impressioná-lo, tentando relembrar coisas que estudei na escola. No dia seguinte, quando ele vem me visitar, conto tudo o que consegui lembrar sobre mitos gregos, mencionando os deuses e deusas mais obscuros. Falo sobre *A interpretação dos sonhos*. Faço toda uma performance para ele, como fazia para os convidados dos jantares dos meus pais, meu momento de brilhar antes que Klara, a artista principal, subisse ao palco. Ele me conta bem pouco sobre si, mas descubro que estudou violino quando era mais novo e que ainda adora ouvir discos de música de câmara, mexendo os braços no ar como se fosse um maestro.

Béla tem 27 anos. Eu sou apenas uma criança. Ele tem outras mulheres em sua vida. Aquela que estava beijando na plataforma do trem quando eu o interrompi e (ele me conta) outra paciente aqui do sanatório, a melhor amiga de sua prima Marianna, uma garota que ele namorou no colégio, antes da guerra. Ela está muito doente. Não vai sobreviver. Ele se diz noivo dela, um gesto de esperança para ela em seu leito de morte, um gesto de esperança para a mãe dela. E tem também uma esposa – uma semidesconhecida, uma mulher com quem ele nunca teve intimidade, uma gentia com quem fez um acordo no início da guerra na tentativa de proteger sua família e sua fortuna.

Não é amor. É que estou faminta de afeto, muito faminta, e eu o divirto. E ele me olha como Eric me olhou naquele dia distante, no clube do livro: como se eu fosse inteligente, como se eu tivesse coisas valiosas a dizer. Por enquanto, isso me basta.

Na minha última noite no sanatório, a garota na cama ao lado da minha faz um gesto pedindo que eu me sente ao seu lado. Ela está muito doente, tão fraca que não consegue falar, mas sorri suavemente para mim e me dá um presente: uma linda saia plissada. Eu entendo por que ela está me dando isso. Ela sabe que não vai para casa, sabe que viverá os dias, semanas ou meses que lhe restam aqui nesta cama. Ela não tem escolha. Mas eu tenho.

Eu me deito. Na escuridão, sinto o frescor dos lençóis, o aconchego do quarto. Penso na garota ao meu lado. Ela poderia ter me tratado com inveja ou virado o rosto para a parede. Mesmo uma pessoa com uma sentença de morte tem escolhas. E eu também tenho. Uma voz vem até mim, do fundo das montanhas, do centro da Terra. Subindo pelo chão e pelo colchão fino, ela me envolve, me carrega. *Se você viver*, diz a voz, *precisa defender algo.*

⁓

– Vou escrever para você – diz Béla pela manhã, quando nos despedimos.

Não é amor. Não exijo isso dele.

Mas algo em mim mudou. Não ouço mais o zumbido incessante na minha cabeça de "Por que eu?" e "Qual é o sentido?". A melodia do desespero, da futilidade da vida e da vitimização mudou. "O que me espera no futuro?" Eu me pego cantarolando. Estou curiosa. Estou viva. Estou aqui. Ainda fraca e convalescente, mas me sinto capaz de enfrentar o que vier. Sinto que qualquer coisa que aconteça abre uma porta, cria uma oportunidade de descoberta. E agora? E agora? Que direção tomar? Qual seta seguirei?

Quando chego em Košice, Magda está à minha espera na estação de trem. Klara tem sido tão possessiva comigo desde nosso reencontro que esqueci como é ficar sozinha com Magda. O cabelo dela cresceu. Ondas emolduram seu rosto. Seus olhos recuperaram o brilho. Ela parece bem. Tem muitas fofocas para contar das três semanas que passei fora. Csicsi terminou com a namorada e agora está cortejando Klara declaradamente. Os sobreviventes de Košice formaram um clube de entretenimento, e ela já prometeu que vou me apresentar. E Laci, o homem que conhecemos no alto do vagão de trem, escreveu para nos contar que recebeu uma declaração de apoio de seus familiares que moram no Texas. Em breve ele os encontrará em um lugar chamado El Paso, onde vai trabalhar na loja de móveis da família e juntará dinheiro para estudar medicina.

– É melhor Klara não me humilhar se casando primeiro – diz Magda.

É assim que vamos nos curar. Ontem, canibalismo e assassinato. Ontem, comer grama. Hoje, os costumes antiquados e a etiqueta, as regras e os papéis que nos fazem sentir normais.

– Tenho uma coisa para você – diz minha irmã. – Aqui. Tome. – Ela me entrega um envelope com meu nome escrito na caligrafia cursiva que nos ensinaram na escola. – Alguém passou por aqui para deixar.

Por um momento penso que ela se refere a Eric. Ele está vivo. Dentro do envelope está meu futuro, ele esperou por mim. Ou já seguiu em frente.

Mas o envelope não é de Eric. E não contém meu futuro. Ele guarda meu passado: uma foto minha, talvez a última tirada antes de Auschwitz. A foto que Eric tirou de mim abrindo um espacate e que dei a uma amiga para guardar. Em meus dedos seguro a mim mesma, aquela que ainda não perdeu os pais, que não sabe que em breve perderá seu amor.

À noite, Magda me leva ao clube de entretenimento. Klara e Csicsi estão lá, assim como o irmão de Csicsi, Imre, e minha amiga Sara, que também sobreviveu. E Gaby, meu médico. Talvez seja por causa de sua presença que, fraca como estou, concordo em dançar. Quero mostrar a ele que estou melhorando. Quero mostrar a ele que o tempo que ele dedicou ao meu cuidado fez a diferença, que ele não se esforçou em vão. Peço a Klara e aos outros músicos que toquem "Danúbio Azul" e começo a coreografia, a mesma dança que, pouco mais de um ano atrás, executei na minha primeira noite em Auschwitz, a dança pela qual Josef Mengele me recompensou com um pão. Os passos não mudaram, mas meu corpo, sim. Não sou mais alongada e flexível, não tenho mais a força nos membros nem no abdome. Sou uma casca ofegante, uma jovem de costas quebradas e sem cabelo. Fecho os olhos como fazia nos barracões. Fiz isso naquela noite, para não precisar ver os aterrorizantes olhos assassinos de Mengele, para não desmoronar sob a força de seu olhar. Agora fecho os olhos para sentir meu corpo, não para escapar; para sentir o calor da apreciação do público. À medida que encontro o caminho de volta aos movimentos, aos passos familiares, às elevações de perna, ao espacate, fico mais confiante e confortável no momento. E encontro meu caminho de volta no tempo, para os dias em que não podíamos imaginar ameaça maior à nossa liberdade do que toques de recolher ou estrelas amarelas. Danço para minha inocência. Para a garota que subia correndo a escada para o estúdio de balé. Para a mãe sábia e amorosa que a levou até lá pela primeira vez. *Me ajude*, peço. *Me ajude. Me ajude a viver novamente.*

―――

Alguns dias depois, recebo uma carta grossa. É de Béla. É a primeira de muitas cartas longas que ele escreverá; no início, do sanatório; e depois, de sua casa em Prešov, onde ele nasceu e cresceu – a terceira maior cidade da Eslováquia, apenas trinta quilômetros ao norte de Košice. À medida que o conheço e começo a formar uma vida a partir dos fatos que ele me narra nessas cartas, o homem com gagueira e senso de humor sarcástico se torna uma pessoa com contornos mais nítidos.

Béla conta que sua lembrança mais antiga é de ir caminhar com seu avô, um dos homens mais ricos do país, e lhe recusarem um biscoito da confeitaria. Quando deixar o hospital, ele assumirá os negócios desse avô, que consiste na venda de produtos por atacado a agricultores da região e na moagem de café e trigo para toda a Eslováquia. Béla é uma despensa cheia, um país de abundância. Ele é um banquete.

Assim como minha mãe, ele perdeu um dos pais quando era

muito jovem. Seu pai, que havia sido prefeito de Prešov e, antes disso, um renomado advogado em favor dos pobres, foi a uma conferência em Praga quando Béla tinha 4 anos. Ao descer do trem, seu pai foi soterrado por uma avalanche de neve e morreu sufocado. Ou pelo menos essa foi a versão oficial dada pela polícia. Sendo o pai uma figura controversa, que ofendia a elite de Prešov ao advogar pelos pobres e desfavorecidos, Béla suspeita que ele tenha sido assassinado. A gagueira começou aí.

A mãe dele nunca se recuperou da morte do marido. Para completar, seu sogro, o avô de Béla, a mantinha trancada em casa para impedi-la de encontrar outros homens. Durante a guerra, os tios de Béla a convidaram para ficar com eles na Hungria, para onde haviam fugido e onde agora viviam com documentos falsos. Um dia, a mãe de Béla estava no mercado quando viu um grupo de soldados da SS. Ela entrou em pânico. Correndo até eles, ela confessou, aos gritos: "Eu sou judia!" A mãe dele foi enviada para Auschwitz, onde morreu na câmara de gás. O restante da família, exposto por aquela confissão, precisou fugir para as montanhas.

O irmão de Béla, George, vive nos Estados Unidos desde antes da guerra. Antes de imigrar, ele caminhava pela rua em Bratislava, capital da Eslováquia, quando foi atacado por gentios que quebraram seus óculos. Ele deixou o antissemitismo crescente na Europa para ir morar com o tio-avô em Chicago. A prima dos dois, Marianna, foi para a Inglaterra. Béla, embora tivesse estudado na Inglaterra quando menino e falasse inglês fluentemente, se recusou a deixar a Eslováquia, no intuito de proteger sua família. Mas isso não foi possível. O avô morreu de câncer no estômago, e os tios, convencidos por alemães a deixar as montanhas sob a promessa de que seriam poupados caso se entregassem, foram fuzilados no meio da rua.

Béla escapou dos nazistas escondendo-se nas montanhas. Ele mal conseguia segurar uma chave de fenda. Tinha medo de armas, não queria lutar, era desajeitado, mas virou um *partisan*. Pegou em armas e se juntou aos russos que enfrentavam os nazistas. Foi nessa época que contraiu tuberculose. Precisou lutar para sobreviver não aos campos, mas às florestas. Saber disso me alivia, pois nunca verei as chaminés em seus olhos. Prešov fica a apenas uma hora de carro de Košice. Um fim de semana, Béla me visita, trazendo queijo suíço e salame em uma sacola. Comida. Se eu conseguir manter seu interesse, ele alimentará a mim e minhas irmãs, penso. Não anseio por ele como ansiava por Eric. Não fantasio com seus beijos nem sonho tê-lo ao meu lado. Nem chego a flertar – não de um jeito romântico. Somos como dois náufragos que olham para o mar em busca de sinais de vida. E vislumbramos algo um no outro.

Minha amiga Sara é outro desses vislumbres. Ela me visita uma tarde e me conta que conheceu uma pessoa. Estão planejando se casar.

– Já? – pergunto. – Por que a pressa?

Acho que estou tentando protegê-la de tomar uma decisão apressada, de se arrepender mais tarde de uma escolha feita em tempos difíceis. Mas talvez o que eu realmente queira dizer seja "Não me deixe para trás".

– Edith, estamos com quase 18 anos. E, depois do que passamos, nossa infância terminou há muito tempo. Não quero ficar aqui sofrendo. Quero seguir com a minha vida.

Sara me diz que vai construir uma vida nova com o marido na Palestina.

Um nó se forma na minha garganta exatamente no lugar onde aprendi a provar esperança em Auschwitz. Mas aqueles sonhos que antes eu guardava são, agora, verdadeiramente impossíveis. Eric está morto. Não quero estragar as boas notícias de Sara, mas as lágrimas vêm rápidas e fortes. Não consigo contê-las.

Sara segura minha mão.

– Como eu gostaria de poder trazê-los de volta... – diz ela. Ela se refere a Eric, nossos pais, nossas colegas de turma, a seis milhões de mães, pais, irmãs, irmãos, professores, médicos, músicos, pedreiros, alfaiates, lojistas, operários, estudantes, bebês.
– Eu deveria ter ido com Eric – digo. – Ele queria ir para a Palestina. Eu deveria ter aceitado. Se eu tivesse aceitado, ele ainda estaria vivo.

Sara acaricia minha mão.

– Nós não sabíamos. Você fez o melhor que pôde com as informações que tinha.

O remorso inunda meu estômago e meu peito como veneno.

– Eu deveria ter imaginado.

É mais fácil me punir do que aceitar o luto. Se é minha culpa, posso continuar vivendo para sempre em um mundo onde eu poderia ter feito uma escolha diferente, em vez de habitar um mundo em que Eric se foi.

– Você ainda pode ir para a Palestina – diz Sara. – Pode ir comigo. Pode viver lá em honra à memória de Eric. E... – ela sorri – você pode se apaixonar de novo. Não é essa a melhor maneira de celebrar a vida?

———

As palavras de Sara estão reverberando na minha mente quando Béla vem me visitar novamente, enquanto eu o observo tirar mais carnes e queijos deliciosos da sacola. Percebo que estou feliz em vê-lo. Essa alegria tem a ver com a comida, sim, mas também com as piadas que ele conta, com a crescente sensação de pertencimento que sinto em sua presença. Talvez o amor tenha diferentes sabores e texturas. Ninguém poderá substituir Eric. Ele sempre será meu primeiro amor, o amor que me ajudou a sobreviver. Talvez esse amor nunca desapareça. Ele existiu todos aqueles meses em um campo de extermínio. Talvez o amor transcenda não apenas a ausência física, mas também a morte.

A *alma nunca morre*, disse Magda naquele primeiro dia em Auschwitz, enquanto chorávamos a morte de nossa mãe. Talvez Eric ainda esteja comigo de alguma forma. Talvez esteja rindo do meu cabelo desgrenhado, da minha fome por queijo suíço, do meu crescente afeto por um homem mais velho e gago.

À noite, quando Béla sai de nosso apartamento, eu o acompanho até o carro.

– Editke – murmura ele no meu ouvido enquanto me abraça. Suas mãos permanecem na minha cintura.

Sinto um calor por dentro. Levanto o rosto. Seu beijo tem gosto de sal e creme. Não sei quanto do meu coração posso dar a ele. No entanto, se eu permitir, sei que posso ser nutrida.

Quando conto às minhas irmãs que comecei um relacionamento com Béla, Magda diz:

– Nossa, que surpresa.

Paquerar é a área dela. Aqui estou eu, usurpando sua ferramenta.

Mas o que me machuca mesmo são as palavras de Klara, que diz a Magda:

– Ah, dois doentes juntos. Como vai ser isso?

Mais tarde, à mesa, ela fala diretamente comigo.

– Você é um bebê, Dicuka. Não pode tomar decisões assim. Você ainda não está recuperada, nem ele. Ele tem tuberculose e é gago. Você não pode ficar com ele.

Agora tenho uma nova motivação para fazer este relacionamento dar certo. Tenho que provar que minha irmã está errada.

A objeção de Klara não é o único impedimento para nosso relacionamento.

Ele ainda é legalmente casado com a gentia que protegeu a fortuna de sua família dos nazistas, e ela se recusa a lhe dar o divórcio. Eles nunca viveram juntos, nunca tiveram um relacionamento além do acordo de conveniência (para ela, o dinheiro dele; para ele, a condição de gentia dela), mas ela não concede o divórcio, não no início, não até que ele concorde em lhe pagar uma grande quantia.

E tem a noiva dele, que está morrendo de tuberculose no sanatório. Ele implora a Marianna, sua prima que escapou para a Inglaterra mas voltou após a guerra, que dê a ela a notícia do rompimento. Marianna fica furiosa, com toda a razão.

– Você é um monstro! Não pode fazer isso com ela! Nem em um milhão de anos vou dizer a ela que você está quebrando a promessa que fez.

Béla me pede para acompanhá-lo ao hospital, para que ele possa dizer a ela pessoalmente. Pegamos o mesmo trem de meses atrás, quando ele se enterrou no jornal.

– Acho que você aprendeu a gostar do pássaro com merda na cabeça – digo.

Béla ri. Sinto aquele calor percorrer meu corpo, aquela sensação que pode ser amor.

A noiva é graciosa e gentil comigo e está muito, muito doente. Sei que devo estar me curando porque agora me abala ver alguém tão arrasado fisicamente. É muito parecido com meu passado recente. Tenho medo de ficar tão perto das portas da morte novamente. Ela me diz que está feliz que Béla tenha encontrado alguém como eu, alguém com tanta energia e vida. Fico feliz por receber sua bênção. Mesmo assim, poderia ser eu naquela cama, apoiada em travesseiros ásperos, tossindo entre palavras, enchendo um lenço de sangue.

Naquela noite, Béla e eu ficamos em um hotel juntos, o hotel onde nos conhecemos quando Klara pediu a ele que me acompanhasse ao hospital. Pela primeira vez vamos compartilhar um quarto e uma cama. Tento me lembrar das palavras proibidas em *Naná*, do que minha colega de beliche em Auschwitz me disse e de qualquer outra coisa que possa me preparar para a dança da intimidade.

Sentamo-nos na beira da cama, totalmente vestidos. Parte de mim quer fugir do quarto; parte de mim quer arrancar as roupas, finalmente fazer e sentir as coisas que só imaginei.

– Você está tremendo – diz Béla. – Está com frio?

Ele vai até sua mala e tira um pacote embrulhado com uma fita reluzente.

Dentro da caixa, aninhada em papel de seda, está uma linda camisola de seda. É um presente extravagante. Mas não é isso o que me comove. Ele sabia que eu precisaria de uma segunda pele. Não é que eu queira me proteger dele, cobrir minha nudez. É que preciso de uma maneira de me elevar, de me expandir, uma maneira de entrar no capítulo que ainda não foi escrito. Vou ao banheiro me trocar e tremo ao deslizar a peça sobre a cabeça, enquanto o tecido cai sobre minhas pernas. A roupa certa pode intensificar a dança. Volto para o quarto e dou uma volta para me exibir para ele.

– *Izléses* – diz ele. Elegante.

Seu olhar é mais do que um elogio. Em seus olhos, encontro uma nova apreciação do meu corpo. Da minha vida.

Quando voltamos para Košice, Béla diz que quer me levar para dançar.

– Vamos ter um encontro de verdade – diz ele. – Vamos a um restaurante.

Enquanto me arrumo, penso no convite de Eric para nosso primeiro encontro, na saia branca que usei, no jazz americano. Sou outra pessoa agora. Visto a saia plissada, que ganhei da moça desenganada do sanatório. Vou dançar porque ela não pode.

No restaurante, me sinto enrijecer. Às vezes meu corpo ainda se sente como uma boneca com articulações presas, uma boneca que tento movimentar inutilmente. Às vezes, viver parece um fingimento. Fico confusa com o cardápio. Foi horrível passar fome, mas a concha diária de sopa era garantida, algo previsível em um lugar onde tudo o mais era incerto. Agora me sinto sobrecarregada pelas escolhas. Sinto culpa ao receber essas ofertas.

Béla percebe meu desconforto e faz o pedido por mim.

– Enquanto esperamos pela comida, vamos dançar – diz ele.

Ele me conduz até a pista de dança. Penso no soldado em Wels. No meu professor de balé, me levantando bem alto. *Todo o seu êxtase na vida virá de dentro de você.* Eu me entrego aos braços de Béla, à música, ao meu corpo, agora fluido e forte. Béla dança incrivelmente bem. Não sei por que estou recebendo esse presente, mas minha mente se acalma. Paro de me questionar se mereço ou não.

Ele me gira e me inclina, sorrindo.

– Garota, você é boa nisso – diz.

Quando voltamos à nossa mesa para comer, um homem acena para mim e nos chama.

– Sou Gyorgy – apresenta-se ele. – Eu conheci seu namorado, Eric. Cheguei a encontrar você uma ou duas vezes. Antes da guerra.

Ele nos convida a se sentar à sua mesa.

– Você sabe que Eric morreu? – pergunta ele.

Faço que sim.

– Ouvi dizer que foi pouco antes de o campo ser libertado.

– Foi. – A voz de Gyorgy é solene. Baixa. – Eu estava no mesmo campo.

Fico sentada em silêncio. Ele abriu uma porta. Posso pedir

mais informações, perguntar se Eric falou de mim, se me amou até o fim. Posso perguntar se ele estava muito doente, se disse alguma coisa no fim. Posso pedir detalhes, novas linhas com as quais pintar meu luto. No entanto, se eu perguntar, passarei a saber. Terei que ver Eric não apenas como uma pessoa que se foi, mas como uma pessoa que sofreu e morreu.

– Não sei se devo lhe contar isto – diz Gyorgy –, mas acho que você deveria saber.

Sinto um aperto no peito. Béla segura minha mão.

– Pode falar – digo.

Gyorgy respira fundo.

– Você sabe como Eric era, idealista – começa ele.

A palavra "era" me faz tremer. Usar o tempo passado para descrevê-lo parece inadequado. Eu resisto. Mas confirmo com a cabeça, pensando nas visões apaixonadas de Eric sobre a Palestina e sua ambição de praticar medicina.

– Ele tinha força física e mental – prossegue Gyorgy –, mas o campo atingiu fundo sua alma. Foi difícil para ele aceitar que os seres humanos eram capazes de aniquilar outros seres humanos de forma tão sistemática.

– Ninguém deveria aceitar isso – intervém Béla.

– Tem razão. A questão é que Eric perdeu a vontade de continuar vivendo em um mundo assim.

Quase não respiro. Minha garganta está seca. Sinto que se puxar o ar, vou sufocar.

– Ele... – Gyorgy parece reavaliar sua decisão de contar a verdade.

Fico rígida no silêncio carregado. Espero. Preciso ouvir.

– No começo, percebi que ele estava se retraindo. Achei que fosse fome. Exaustão. Frio. Mas então notei que ele mal tocava a sopa. Então um dia, em janeiro, ele se jogou nas cercas de arame farpado. Tirou a própria vida.

Minha mente gira, revira, congela. Eric, seus olhos brilhantes, seu cheiro de grama fresca, as últimas palavras que ele me disse: *Nunca esquecerei seus olhos. Nunca esquecerei suas mãos.* Tão cheio de vida, vigor e determinação. Eu acreditava que ele poderia ser esmagado pela crueldade, mas não que desistiria.

– Eu não deveria ter contado – diz Gyorgy, encarando a mesa.

– Desculpe.

– Tudo bem – digo. – Prefiro saber. É só que... não foi esse o Eric que conheci. É difícil imaginá-lo desistindo de viver.

– Não sei se ajuda, mas passei a encarar isso de forma diferente. Não acho que ele tenha desistido. Penso que ele queria estar no controle da própria morte.

Será que Eric se arrepende? Se tivesse resistido apenas mais um dia, ele estaria vivo hoje. Livre. Seria ele aqui dançando comigo.

– A comida que esfrie – digo a Béla quando saímos da mesa de Gyorgy. – Preciso dançar.

Ele sorri para mim, esse homem que talvez em breve se torne meu marido, esse homem que talvez se torne o pai dos meus filhos, esse homem com quem estou viva neste momento, num salão cheio de música. Béla toma minha mão e põe a outra nas minhas costas. Quando começamos a nos movimentar, me ocorre que, de algum modo, foi Eric quem trouxe Béla para mim. Ele nos uniu. Béla nos faz girar, com firmeza e rapidez, pelo salão aquecido, e minha mente está cheia de perguntas. Onde vamos construir nossa vida? O que faremos com a vida que nos foi concedida? Embora a incerteza fosse parte da tortura e do horror de Auschwitz, a obrigação de questionar se cada dia seria o último também me deixava curiosa. A esperança me salvou nos campos de extermínio, assim como minha fome de conhecimento. *E agora, o que vai acontecer?*

Eu danço e danço, a cabeça apoiada em seu peito.

Epílogo

Deixar uma pedra

Quase quarenta anos depois, acordo em um quarto de hotel na Alemanha, com Béla ao meu lado dormindo profundamente. Já compartilhamos muitas danças e muitas lutas. Fugimos do regime comunista opressor na Europa, perdendo tudo o que possuíamos para nos tornarmos imigrantes nos Estados Unidos, trabalhando em fábricas por centavos, aprendendo inglês com os livros ilustrados que nossa filha trazia da pré-escola. Voltamos a estudar, construímos carreiras: Béla como contador e eu como psicóloga. Criamos três filhos e nos tornamos avós – nossa melhor vingança contra Hitler, como diz Béla. Aprendemos a encontrar um amor profundo e constante um no outro. Não aquele frio no estômago e os arrepios de um romance apaixonado, mas o ato de estar presente todos os dias, de escolher um ao outro repetidamente.

O amor dele é um porto seguro, um lugar onde busco abrigo. E é um estúdio onde pratico, cresço, me aqueço, onde aprendo e reaprendo minha força.

Béla se mexe e abre os olhos. Ele sorri para mim, todo gentileza e brilho.

– Estou pronta – digo a ele.

Estamos na Alemanha. É a primeira vez que venho aqui desde a guerra, uma viagem que eu morria de medo de fazer. Mas tem mais um lugar que preciso visitar antes de voltarmos para casa. Um rito de luto, de aceitação. Um rito de autoaceitação.

– Estou pronta para voltar a Auschwitz.

―――

– Por favor, vá comigo – imploro a Magda ao telefone nessa mesma manhã.

Não consigo imaginar como voltar ao inferno sem ela. Eu não teria sobrevivido sem minha irmã. E não posso sobreviver ao retorno à nossa prisão sem que ela esteja ao meu lado, segurando minha mão. Sei que não é possível reviver o passado, ser quem eu costumava ser, voltar a abraçar minha mãe, nem que por uma única vez. Não há nada que possa alterar o passado, que possa me tornar diferente de quem sou, mudar o que foi feito aos meus pais, a Eric, a mim. Não há retorno. Sei disso. Mas não posso ignorar a sensação de que há algo à minha espera na antiga prisão, algo a recuperar. Ou a descobrir. Alguma parte de mim há muito perdida.

– Que tipo de masoquista louca você acha que eu sou? – retruca Magda. – Por que eu voltaria àquele lugar? Por que *você* voltaria?

Seu questionamento tem sentido. Estou apenas me punindo? Reabrindo uma ferida? Talvez eu me arrependa. Mas acho que me arrependerei mais se não fizer isso.

Não importa o que eu diga para convencê-la, Magda se recusa. Está escolhendo nunca voltar, e eu respeito sua decisão. Mas farei uma escolha diferente.

Béla e eu viajamos para Salzburg, onde visitamos a catedral construída sobre as ruínas de uma igreja romana. Descobrimos que ela foi reconstruída três vezes, mais recentemente depois de uma bomba danificar a cúpula central durante a guerra. Não há vestígios da destruição.

– Como em nós – diz Béla, segurando minha mão.

De Salzburg vamos a Viena, viajando pelo mesmo caminho que Magda e eu percorremos antes da libertação. Vejo valas à beira das estradas e me lembro de como as vi antes, transbordando de cadáveres, mas também consigo vê-las como são agora, preenchidas pela grama de verão. Vejo que o passado não contamina o presente e que o presente não diminui o passado. O tempo é o meio. O tempo é o trilho; viajamos nele. O trem passa por Linz. Por Wels. Sou uma jovem com a coluna quebrada reaprendendo a escrever, reaprendendo a dançar.

Passamos a noite em Viena, não muito longe do Hospital Rothschild, onde moramos muitos anos atrás, enquanto aguardávamos nossos vistos para os Estados Unidos. Pela manhã, embarcamos em outro trem para o norte, rumo a Copenhague, para visitar amigos.

Acho que Béla supõe que meu desejo de voltar a Auschwitz pode diminuir, mas na nossa segunda manhã em Copenhague peço a amigos que me indiquem onde fica a embaixada polonesa. Eles me alertam sobre seus amigos sobreviventes que morreram depois de visitar o campo. "Não se traumatize de novo", imploram.

Béla também parece preocupado.
– Hitler não venceu – lembro a ele.

Pensei que o maior obstáculo seria minha decisão de voltar, mas, na embaixada polonesa, Béla e eu descobrimos que protestos de trabalhadores eclodiram por toda a Polônia, que os soviéticos podem intervir para reprimir as manifestações e que a embaixada foi orientada a não emitir vistos de viagem para ocidentais. Béla faz menção de me consolar, mas eu o afasto. Sinto minha força de vontade crescer. Cheguei muito longe na minha vida e na minha cura. Não posso ceder a nenhum obstáculo agora.

– Sou uma sobrevivente – digo ao funcionário da embaixada. – Fui prisioneira em Auschwitz, meus pais e avós morreram lá. Lutei muito para sobreviver. Por favor, não me faça esperar para voltar.

Nem imagino que, daqui a um ano, as relações entre Polônia e Estados Unidos estarão deterioradas, que permanecerão congeladas pelo resto da década, que essa seria, de fato, a última chance que tenho de ir a Auschwitz junto com Béla. Só sei que não posso permitir que me impeçam.

O funcionário me olha inexpressivo. Então se afasta do balcão, retorna.

– Passaportes – diz. Em nossos passaportes americanos azuis ele inseriu vistos de viagem válidos por uma semana. – Aproveitem a estada.

É aí que começo a sentir medo. No trem para Cracóvia, sinto que estou em um cadinho, que estou chegando ao ponto em que vou me desmanchar ou queimar, que o medo por si só pode me transformar em cinzas. *Está acontecendo. Está acontecendo.* Tento raciocinar com a parte em mim que sente que a cada quilômetro percorrido perco uma camada de pele. Serei novamente um esqueleto quando chegar à Polônia. Quero ser mais do que ossos.

– Vamos descer na próxima parada – digo a Béla. – Não é importante ir até Auschwitz. Vamos para casa.

– Edie, você consegue. É só um lugar. Ele não pode machucá-la. Fico no trem por mais uma parada, e outra, passando por Berlim, por Poznań. Penso no Dr. Hans Selye, um colega húngaro que disse que o estresse é a resposta do corpo a qualquer demanda por mudança. Nossas respostas automáticas são lutar ou fugir – mas em Auschwitz, onde suportamos mais do que estresse, onde vivíamos em angústia, com riscos de vida ou morte, sem nunca saber o que aconteceria a seguir, as opções de lutar ou fugir não existiam. Eu teria sido baleada se tivesse resistido, teria sido eletrocutada se tivesse tentado fugir. Então aprendi a fluir, a dançar em vez de lutar. Aprendi a ficar no momento, a desenvolver a única coisa que me restava, a olhar internamente em busca da parte de mim que nenhum nazista poderia matar. Para encontrar e manter minha verdadeira essência. Talvez eu não esteja perdendo pele, talvez esteja apenas me alongando, para abranger todos os aspectos de quem sou – e de quem fui – e de quem posso me tornar.

Chegamos a Cracóvia no meio da tarde. Passaremos a noite aqui – ou pelo menos tentaremos. Amanhã pegaremos um táxi para Auschwitz. Béla quer visitar o centro histórico, enquanto eu tento prestar atenção na arquitetura medieval, mas minha mente está tomada demais pelas expectativas – um estranho misto de promessa e temor. Paramos em frente à Basílica de Santa Maria para ouvir o trompetista tocar o *hejnał* que marca o início de cada hora. Um grupo de adolescentes passa por nós brincando, falando em voz alta em polonês, mas não sinto a alegria deles. Sinto ansiedade. Esses jovens me lembram que a próxima geração logo vai chegar à maioridade. Será que minha geração ensinou bem a eles como evitar outro holocausto? Ou será que nossa liberdade tão arduamente conquistada vai naufragar em um novo mar de ódio?

Tive muitas oportunidades de influenciar os jovens – meus próprios filhos e netos, meus alunos, os espectadores de minhas palestras em todo o mundo, meus pacientes. Na véspera do meu retorno a Auschwitz, minha responsabilidade para com eles parece especialmente potente. Não estou voltando apenas por mim. É por tudo o que se expande a partir de mim.

Será que tenho o que é necessário para fazer a diferença? Consigo transmitir minha força em vez da minha perda, meu amor em vez do meu ódio? Penso em Corrie ten Boom, cujo nome figura entre os Gentios Justos. Ela e sua família resistiram a Hitler escondendo centenas de judeus em sua casa e ela acabou em um campo de concentração. Sua irmã morreu lá, em seus braços. Corrie foi libertada, devido a um erro administrativo, um dia antes de todos os prisioneiros de Ravensbrück serem executados. Alguns anos após a guerra, ela encontrou um dos guardas mais cruéis de seu campo, um dos responsáveis pela morte de sua irmã. Ela poderia ter cuspido nele, desejado sua morte, amaldiçoado seu nome. Mas ela orou para ter forças para perdoá-lo e tomou suas mãos. Ela diz que naquele momento – a ex-prisioneira apertando as mãos do ex-guarda – sentiu o amor mais puro e profundo.

Agora, na véspera do meu retorno à prisão, lembro que cada um de nós tem um Adolf Hitler e uma Corrie ten Boom em seu interior. Temos a capacidade de odiar e a capacidade de amar. O que vamos escolher – nosso Hitler ou nossa Ten Boom – só depende de nós.

Pela manhã, chamamos um táxi para fazer o percurso de uma hora até Auschwitz. Béla envolve o motorista em uma conversa fiada sobre família, filhos. Observo a paisagem que não vi quando, aos 16 anos, me aproximava de Auschwitz na escuridão de um vagão de transporte de gado. Fazendas, vilarejos, verde. A vida continua, como continuava ao nosso redor enquanto éramos prisioneiras.

O motorista nos deixa, e Béla e eu voltamos a ficar sozinhos, parados diante da minha antiga prisão. A inscrição em ferro forjado se impõe: ARBEIT MACHT FREI, o trabalho liberta. Minhas pernas tremem ao ver isso, ao relembrar como essas palavras deram esperança ao meu pai. *Trabalharemos até o fim da guerra*, ele pensou. Depois, estaremos livres. *Arbeit Macht Frei.* Essas palavras nos mantiveram calmos até que as portas da câmara de gás se trancaram ao redor de nossos entes queridos, até que o pânico se tornou inútil. Então essas palavras se tornaram uma ironia diária, uma ironia a cada hora, porque aqui nada nos libertaria. A morte era a única fuga. E assim até a ideia de liberdade se tornava outra forma de desesperança.

A grama é exuberante. As árvores estão frondosas. Mas as nuvens são da cor do osso, e sob elas as estruturas feitas pelo homem, mesmo aquelas em ruínas, dominam a paisagem. Quilômetros e quilômetros de cercas implacáveis. Uma vasta extensão de tijolos desmoronando e retângulos nus onde antes havia construções. As linhas horizontais desoladoras – de alojamentos, cercas, torres – são regulares e ordenadas, mas não há vida nessa geometria. Esta é a geometria da tortura e da morte sistemáticas. Aniquilação matemática. E então volto a reparar em algo que me assombrava naqueles meses infernais em que esta foi minha casa: não consigo ver nem ouvir um único pássaro. Nenhum pássaro vive aqui. Mesmo hoje. O céu está desprovido de asas, o silêncio é mais profundo sem seu canto.

Os turistas se reúnem e nossa visita começa. Somos um grupo pequeno, umas dez pessoas. A imensidão nos esmaga. Sinto isso em nossa quietude. Quase paramos de respirar. Não há como compreender a enormidade do horror cometido neste lugar. Eu estava aqui enquanto as chamas ardiam; acordava, trabalhava e dormia com o cheiro de corpos queimando e mesmo assim não consigo compreender. O cérebro tenta reter os números, absorver o acúmulo confuso de coisas que foram reunidas e expostas para os visitantes – as malas arrancadas dos que estavam prestes a morrer, as tigelas, os pratos e copos, os milhares e milhares de pares de óculos amontoados num emaranhado. As roupinhas tricotadas por mãos amorosas para bebês que nunca se tornaram crianças, mulheres, homens. A vitrine de vinte metros inteiramente cheia de cabelo humano. Contamos: 4.700 cadáveres cremados em cada forno, 75 mil poloneses mortos, 21 mil ciganos, 15 mil soviéticos.

Os números aumentam sem parar. Podemos formar a equação – podemos fazer as contas que descrevem mais de um milhão de mortos em Auschwitz. Podemos acrescentar esse número às listas dos mortos nos milhares de outros campos de extermínio na Europa da minha juventude, aos corpos jogados em valas ou rios antes de serem enviados para um campo de extermínio. Mas não há uma equação que possa resumir adequadamente o efeito de uma perda tão absoluta. Não há linguagem que possa explicar a desumanidade sistemática desta fábrica de morte criada pelo homem. Mais de um milhão de pessoas foram assassinadas exatamente onde estou. Este é o maior cemitério do mundo. E sobre todas as dezenas, centenas, milhares, milhões de mortos, em todas as posses embaladas e depois compulsoriamente entregues, em todos os quilômetros de cercas e tijolos, outro número se destaca. O número zero. Aqui, no maior cemitério do mundo, não há um único túmulo. Apenas os espaços vazios onde ficavam os crematórios e câmaras de gás, destruídos às pressas pelos nazistas antes da libertação. Os terrenos vazios onde meus pais morreram.

Concluímos a visita ao campo masculino. Ainda preciso ir para o lado das mulheres, para Birkenau. É para isso que estou aqui. Béla pergunta se quero que ele me acompanhe, mas balanço a cabeça. Essa última parte da jornada eu preciso fazer sozinha.

Béla fica no portão e eu volto ao passado. A música toca pelos alto-falantes, sons festivos que contradizem o ambiente sombrio. "Veja", diz meu pai, "não pode ser um lugar tão terrível. Trabalharemos um pouco, até o fim da guerra. É temporário. Podemos sobreviver a isso." Ele entra na fila e acena para mim. Aceno de volta para ele? Ó memória, diga que acenei para meu pai antes de ele morrer.

Minha mãe entrelaça o braço no meu. Caminhamos lado a lado. "Abotoe o casaco", diz ela. "Fique ereta." Estou de volta à imagem que tem ocupado meu olhar interior por quase toda a minha vida: três mulheres famintas em casacos de lã, braços entrelaçados, em um pátio desolado. Minha mãe. Minha irmã. Eu.

Estou vestindo o casaco que coloquei naquela manhã de abril, sou magra e atlética, meu cabelo está preso sob um lenço. Minha mãe me repreende novamente para que eu fique ereta. "Você é uma mulher, não uma criança", diz ela. Há um propósito em sua insistência. Ela quer que eu pareça ter mais que meus 16 anos. Minha sobrevivência depende disso.

No entanto, não consigo soltar a mão da minha mãe de jeito nenhum. Os guardas apontam e empurram. A fila avança devagar. Vejo os olhos pesados de Mengele à frente, os dentes separados quando ele sorri. Ele está no comando. É um anfitrião ansioso. "Alguém está doente?", pergunta ele, solícito. "Quem tem mais de 40 anos e menos de 14 vai para a esquerda, para a esquerda."

Esta é nossa última chance. De compartilhar palavras, de compartilhar silêncio. Para nos abraçar. Desta vez sei que é o fim. E ainda assim eu falho. Quero apenas que minha mãe olhe para mim. Que me tranquilize. Que olhe para mim e nunca tire os olhos de mim. O que é essa necessidade que entrego a ela repetidas vezes, essa coisa impossível que eu desejo?

É a nossa vez. O Dr. Mengele levanta o dedo.

– Ela é sua mãe ou sua irmã? – pergunta.

Agarro a mão da minha mãe. Magda a abraça do outro lado. Não penso na palavra que a protegerá. Não penso em nada. Apenas sinto cada célula em mim que a ama, que precisa dela. Ela é minha mãe, minha mãe, minha única mãe. Então digo a palavra que passei o resto da minha vida tentando banir da consciência, a palavra de que eu sempre me arrependerei.

– Mãe – respondo.

Assim que a palavra sai da minha boca, quero devolvê-la para a garganta. Percebo tarde demais o significado da pergunta. *Ela é sua mãe ou sua irmã?* "Irmã, irmã, irmã!", eu quero gritar. Mengele indica a esquerda para minha mãe. Ela segue atrás das crianças pequenas e dos idosos, das grávidas e das mulheres com bebês. Vou segui-la. Não a deixarei fora do meu alcance. Começo a correr em direção à minha mãe, mas Mengele agarra meu ombro. "Você a verá em breve", diz ele. Ele me empurra para a direita. Para junto de Magda. Para o outro lado. Para a vida.

– Mãe! – chamo. Estamos separadas novamente, na memória como na vida, mas não permitirei que a lembrança seja mais um beco sem saída. – Mãe!

Não me contentarei com a visão de sua nuca. Preciso ver seu rosto inteiro.

Ela se vira para me olhar. Ela é um ponto de quietude no rio de condenados em movimento. Sinto sua radiância, a beleza que era mais do que beleza, que ela muitas vezes escondia sob tristeza e reprovação. Ela me vê a observando. Sorri. É um sorriso pequeno. Um sorriso triste.

– Eu deveria ter dito "irmã"! Por que não disse "irmã"?

Imploro seu perdão por anos e anos a fio. Acho que é isso que eu queria receber ao voltar para Auschwitz, penso. Queria ouvi-la me dizer que fiz o melhor que pude com as informações que tinha. Que fiz a escolha certa.

Mas ela não pode dizer isso, ou mesmo que dissesse, eu não acreditaria. Posso perdoar os nazistas, mas como me perdoar? Viveria tudo de novo, cada fila de seleção, cada chuveirada, cada noite gelada e cada contagem mortal, cada refeição assombrada, cada respiração de ar carbonizado, cada vez que quase morri ou que quis morrer, se pudesse reviver esse momento, esse e o anterior, quando poderia ter feito uma escolha diferente. Quando poderia ter dado uma resposta diferente à pergunta de Mengele. Quando poderia ter salvado, nem que fosse por um dia, a vida da minha mãe.

Ela se vira. Vejo seu casaco cinza, seus ombros suaves, seu cabelo preso e brilhante, se afastando de mim. Vejo-a caminhando com as outras mulheres e crianças, em direção aos vestiários, onde elas se despirão, onde ela tirará o casaco que ainda guarda a membrana de Klara, onde lhes dirão para memorizar o número do gancho onde guardaram suas roupas, como se fossem voltar para aquele vestido, para aquele casaco, para aquele par de sapatos. Minha mãe ficará nua com as outras mães – as avós, as jovens mães com bebês nos braços – e com os filhos das mães que foram enviadas para a fila em que Magda e eu estamos. Ela descerá as escadas para a sala com chuveiros nas paredes, onde mais e mais pessoas serão empurradas até que a sala esteja úmida de suor e lágrimas e ecoando com os gritos das mulheres e crianças aterrorizadas, até que esteja lotada e não haja ar suficiente para respirar. Ela notará as pequenas janelas quadradas no teto pelas quais os guardas introduzirão o veneno? Em quanto tempo ela saberá que está morrendo? Tempo suficiente para pensar em mim, em Magda e em Klara? Em meu pai? Tempo suficiente para dizer uma oração para sua mãe? Tempo suficiente para sentir raiva de mim por ter dito a palavra que em um mero segundo a enviou para a morte? Eu poderia ter salvado minha mãe? Talvez. E vou viver o resto da vida com essa dúvida. E posso me castigar por ter feito a escolha errada. Ou posso aceitar que a escolha mais importante não é a que fiz quando estava faminta e apavorada, quando estávamos cercadas por cães e armas e incerteza, quando eu tinha 16 anos; é a que faço agora. A escolha de me aceitar como sou: humana, imperfeita. E a escolha de ser responsável pela minha própria felicidade. De perdoar minhas falhas e recuperar minha inocência. De parar de perguntar por que mereci sobreviver. De agir da melhor forma que puder, de me comprometer a servir aos outros, de fazer tudo ao meu alcance para honrar meus pais, para garantir que eles não morreram em vão. De fazer o meu melhor, com minha capacidade limitada, para que as gerações futuras não experimentem o que eu experimentei. De ser útil, de sobreviver e crescer para que eu possa usar cada momento para tornar o mundo um lugar melhor. E finalmente parar de fugir do passado. Fazer tudo o que for possível para redimi-lo e depois deixá-lo ir. Posso fazer a escolha que todos nós podemos fazer. Nunca poderei mudar o passado, mas há uma vida que posso salvar: a minha. A que estou vivendo agora, neste precioso momento.

 Estou pronta para ir embora. Pego uma pedra do chão, pequena, áspera, cinza, sem nada notável. Aperto-a. Na tradição judaica, colocamos pedrinhas em túmulos em sinal de respeito aos mortos, para oferecer mitzvá ou bênção. A pedra significa que os mortos vivem em nosso coração e em nossa memória. A pedra em minha mão é um símbolo do meu amor duradouro por meus pais. E é um emblema da culpa e da dor que vim aqui para enfrentar – algo gigantesco e aterrorizante mas que, mesmo assim, posso segurar na mão. É a morte dos meus pais. É a morte de Eric e da vida anterior. É o que não aconteceu. E é o nascimento da vida que é. De Béla e nossa família. Da paciência e compaixão que aprendi aqui, da capacidade de parar de me julgar, da capacidade de responder em vez de reagir. É a verdade e a paz que vim aqui para descobrir e tudo o que finalmente posso deixar para trás.

Ponho a pedra no pedaço de terra onde meu barracão ficava, onde eu dormia em um estrado de madeira com outras cinco garotas, onde fechei os olhos enquanto "Danúbio Azul" tocava e eu dançava pela minha vida. *Saudades*, digo aos meus pais. *Amo vocês. Sempre amarei.*

E ao vasto campo de morte que consumiu meus pais e tantos outros, à sala de aula do horror que ainda tinha algo sagrado para me ensinar sobre como viver – onde fui vitimizada, mas não sou uma vítima, que fui ferida mas não destruída, onde a alma nunca morre, onde significado e propósito podem surgir do fundo do que mais nos machuca –, eu pronuncio minhas últimas palavras. *Adeus*, digo. E *Obrigada*. Obrigada pela vida e pela capacidade de finalmente aceitar a vida que é.

Jamais poderemos mudar o que aconteceu conosco. Não somos capazes de alterar o passado ou de controlar o que está por vir. Mas podemos escolher como viver o *agora*. Podemos escolher a quem amar e como amar.

Podemos escolher – podemos sempre escolher – ser livres.

Agradecimentos

Acredito que as pessoas não vêm até mim – elas me são enviadas. Minha eterna gratidão às muitas pessoas extraordinárias que me foram enviadas, sem as quais a vida não seria o que é, e sem as quais este livro não existiria.

Escrever meu primeiro livro foi a realização de um sonho. Publicar um terceiro é algo além do que jamais imaginei ser possível. Eu não poderia ter feito isso sem minha extraordinária equipe literária, aqueles que, palavra por palavra e página por página, me ajudaram a dar vida a esta obra:

Doug Abrams, agente de primeira classe e o verdadeiro *mensch* do mundo – obrigada a você e sua equipe dos sonhos na Idea Architects (em particular, Jordan Jacks), por criarem livros que são instrumentos de cura. Sua presença no planeta é uma dádiva.

Esmé Schwall, minha coautora – você não apenas encontrou as palavras. Você se tornou eu. Obrigada por sua habilidade de ver minha jornada de cura de tantas perspectivas diferentes, e por transformar minha vida em poesia.

A sábia e talentosa Reka Simonsen e sua dedicada equipe na

Atheneum – obrigada por trazerem uma convicção, compaixão e visão tão poderosas para este projeto.

Meus extraordinários editores britânicos, que desempenharam um papel tão importante no compartilhamento da minha vida e do meu trabalho com o mundo de língua inglesa, especialmente Judith Kendra, Olivia Morris e Anna Bowen, da Rider, Andrew Goodfellow e Joel Rickett, da Ebury, e toda a maravilhosa equipe deles. Obrigada por fazerem de *A bailarina de Auschwitz* um sucesso internacional, por me encorajarem a escrevê-lo, apoiarem este livro com tanto coração e entusiasmo, e presenteando leitores em todo o mundo com livros para uma vida melhor.

Minha maravilhosa equipe de direitos globais: Caspian Dennis e Sandy Violette da Abner Stein; e Camilla Ferrier, Susie Nicklin, Jenna McDonagh e Brittany Poulin da Marsh Agency; e meus verdadeiramente extraordinários e devotados editores ao redor do mundo – obrigada por levarem meu trabalho a leitores de muitos países e idiomas.

Sou abençoada com muitos amigos, colegas e profissionais da cura que enriquecem e apoiam meu dia a dia, em particular:

Wendy Walker, um modelo inspirador de como ser uma verdadeira sobrevivente e viver no presente.

Bob Kaufman, Lisa Kelty, Debbie Lapidus, Sid Zisook e tantos outros colegas inspiradores – obrigada pelos anos de insights e conversas, e pela cura que vocês trazem àqueles que sofrem. Vocês revivem e renovam muitas vidas, inclusive a minha.

Katie Anderson, meu braço direito, que me mantém em dia com tudo, me apoia para encarar qualquer coisa e mostra como ser uma pessoa que assume o controle.

Dr. Scott McCaul e Dra. Sabina Wallach, que nunca duvidaram da minha força para suportar.

Todo o meu amor e gratidão à minha família:

Magda e Klara, minhas amadas irmãs. Eu não teria sobrevivido sem vocês. Saibam para sempre quanto eu as amo e quanto sinto a falta de vocês.

Béla. Companheiro de vida. Alma gêmea. Pai dos meus filhos. Parceiro amoroso e comprometido que arriscou tudo para construir uma nova vida comigo na América. Nossa rica vida juntos foi um banquete. Eu te amo.

Meu filho, John Eger, que me ensinou a não ser uma vítima e que nunca desistiu da luta pelas pessoas com deficiência.

Minhas filhas, Marianne Engle e Audrey Thompson, que me deram apoio moral e conforto amoroso incessantes, cujas edições e insights sobre os três livros ajudaram a trazer minha história e perspectiva de cura para a vida nas páginas e que entenderam, talvez antes de mim, que seria mais difícil para mim reviver o passado do que foi sobreviver a Auschwitz. Em Auschwitz, eu só podia pensar nas minhas necessidades de sobrevivência; para escrever este livro, tive que sentir todas as emoções. Eu não poderia ter corrido o risco sem a força e o amor de vocês. Obrigada por me ajudarem a crescer de tantas maneiras.

Meus netos, Lindsey, Rachel, Jordan, David e Ashley, embaixadores da paz, prova viva de que a vida é bela, de que meus pais não morreram em vão. Que vocês continuem transmitindo o amor e a força de nossa família.

Os belos cônjuges e parceiros de vida dos meus filhos e netos, as pessoas que continuam adicionando novos ramos à nossa árvore genealógica: Rob Engle, Dale Thompson, Lourdes, Justin Richland, John Williamson e Illynger Engle.

Quando nosso primeiro neto nasceu, Béla disse: "Três gerações. Essa é a melhor vingança contra Hitler." Agora temos quatro gerações! Obrigada à próxima: Silas, Graham, Hale, Noah, Dylan, Marcos e Rafael. Toda vez que ouço vocês me chamarem de vovó Dicu, meu coração se aquece.

Meu sobrinho Richard Eger (meu Dickie-boy) e sua esposa, Byrne, e minha sobrinha Annabelle Eger Sher e seu marido, Richard. Obrigada por cuidarem de mim e da minha saúde e por celebrarem as festas juntos. À filha de Magda, Ilona, e a seu filho, Grant, e à filha de Klara, Jeanette, e sua filha, Charlotte. Sinto arrepios quando vejo meus pais e irmãs em vocês e ao ver a personalidade singular de cada um de vocês florescer. Obrigada por estarem conosco nesta jornada.

A todos vocês que tocaram minha vida, que tiveram fé em mim, que me guiaram para não desistir – a cada pessoa que me emocionou, inspirou e alimentou –, celebro seus dons únicos e valorizo sua presença em minha vida. Obrigada por reabastecerem minha cesta e por me ajudarem a assumir a responsabilidade por minha vida e minha liberdade. Nunca me senti tão abençoada e grata – nem tão jovem! Obrigada.

CONHEÇA OUTRO TÍTULO DA AUTORA

A liberdade é uma escolha

Em seu primeiro livro, Edith Eva Eger emocionou o mundo ao contar como sobreviveu aos horrores da guerra e transformou seu sofrimento numa jornada de perdão e cura, ajudando milhares de pessoas a lidar com seus traumas mais profundos.

Agora, em *A liberdade é uma escolha*, ela apresenta ensinamentos práticos que vão nos ajudar a identificar nossas próprias prisões mentais e a desenvolver as estratégias necessárias para nos libertarmos delas.

Afinal, o que importa não é o que nos aconteceu, mas o que faremos de agora em diante e como poderemos encontrar na dor o aprendizado de que precisamos para seguir em frente.

CONHEÇA OS LIVROS DE EDITH EVA EGER

A bailarina de Auschwitz

A liberdade é uma escolha

A jovem bailarina de Auschwitz

Para saber mais sobre os títulos e autores da Editora Sextante,
visite o nosso site e siga as nossas redes sociais.
Além de informações sobre os próximos lançamentos,
você terá acesso a conteúdos exclusivos
e poderá participar de promoções e sorteios.

sextante.com.br